Zitat aus dem Buch:

Tulpe schmatzte. »Ganz köstlich, diese Nussecken aus dem kleinen Café. Da versteht einer sein Handwerk. Wichtig ist vor allem die Bissqualität.«
Kallemann hielt sich die Ohren zu. Aber so fest er seine Hände auch gegen die Ohren drückte, die Stimme hörte nicht auf.
»Eine Nussecke darf nicht zu fest sein, aber auch auf keinen Fall … labbrig.«
Kallemann ließ die Hände fallen. »Du willst mit mir nicht ernsthaft über Nussecken diskutieren?«
»Nein. Ich bin dein Gewissen. Wir haben Wichtigeres zu tun.«

Zum Autor:

Thomas Letocha ist Drehbuch-, Roman- und Theaterautor. Er schrieb über 250 Drehbücher für das deutsche Fernsehen, alle zusammen mit Andreas Föhr. Seine »Oma Else«-Romane erschienen bei Goldmann.

Thomas Letocha

Tulpe

Roman

HarperCollins

1. Auflage 2023
Originalausgabe

Umschlaggestaltung von wilhelm typo grafisch, Zürich
Umschlagabbildung von majivecka, SchottiU, nekotaro / Shutterstock
Gesetzt aus der Adobe Garamond Pro
von GGP Media GmbH, Pößneck
Druck und Bindung von GGP Media GmbH, Pößneck
Printed in Germany
ISBN 978-3-365-00522-4
www.harpercollins.de

Klimaneutral
Druckprodukt
ClimatePartner.com/15109-2009-1001

FSC
MIX
Papier
FSC® C014496

1

Die ersten Sonnenstrahlen des Tages blinzelten über die Dächer der Stadt. Kein Wölkchen zeigte sich am Himmel. Es würde ein herrlicher Sommertag werden. Kallemann stand im Schlafanzug auf der Terrasse seines kleinen Häuschens, das mitten in einem Schrebergarten lag. Er rubbelte sich durch die Haare, kratzte sich am Kinn und grummelte. Solch Gute-Laune-Tage hasste er. Schlechtwetter mochte er nicht, über Regen konnte er tagelang schimpfen wie ein Rohrspatz, aber helle Sonnentage waren ihm wirklich ein Graus. Die Menschen und ihre Seelen hatten dann immer so eine unerträgliche Leichtfüßigkeit. Überall begegnete Kallemann dann mehr oder weniger strahlenden Gesichtern. Dieser Morgen war gar nicht nach seinem Geschmack. Er verzog sich lieber noch mal zurück in sein kleines Häuschen. Dort konnte er die Vorhänge zuziehen. Drinnen war es dämmrig und grau. Der Welt draußen würde er noch früh genug begegnen.

Karlheinz Kallemann war ein etwas dicklicher, eher wenig attraktiver Mann, 69 Jahre alt. Er war der Einzige im Schrebergarten, der seit einem Jahr in dem kleinen

Häuschen auf seiner Parzelle wohnte. Normalerweise war es jedem Gartenbesitzer verboten, dauerhaft auf dem Gelände zu wohnen, aber bei Kallemann drückten alle ein Auge zu. Er war als schlecht gelaunter Nörgler, als Miesepeter, als unberechenbarer Griesgram bekannt. Er war ein Mann, der immer Streit suchte. Mit ihm legte man sich lieber nicht an, so die allgemeine Meinung. Wenn er wollte, konnte Kallemann richtig fies werden. Mehr als das. Jede kleine Verfehlung brachte er mit Freude zur Anzeige, egal ob angeblicher Falschparker, Müllsünder oder Ruhestörer. Die Polizei stöhnte auf, wenn bei ihr das Telefon klingelte und Kallemann dran war, um wieder etwas zu melden. Aber was sollten die Beamten machen? Sie mussten jedem Verdacht nachgehen. Auch wenn sich später herausstellte, dass der »unerträgliche Ruhestörer«, den Kallemann angezeigt hatte, nur jemand war, der beim Blumengießen ein kleines Lied gepfiffen hatte. Niemand im Schrebergarten mochte ihn. Jeder wusste, dass Kallemann seit Langem ein eher unfreundlicher Zeitgenosse gewesen war. Aber man hatte mit ihm einigermaßen auskommen können. Bis, so besagten es die Gerüchte, seine Frau bei einem Verkehrsunfall vor etwa einem Jahr ums Leben gekommen war. Dieses Ereignis habe ihn damals endgültig aus der Bahn geworfen, und er sei danach wirklich unausstehlich geworden. Das erzählte man sich zumindest unter den Schrebergärtnern. Aber weiter nachgefragt hatte niemand bei dem Alten. Besser jedem Gespräch aus dem Weg gehen. Das war die Devise.

Zwei Stunden nachdem er der frühen Morgensonne ausgewichen war, hatte Kallemann seine ausgeleierte dunkelgrüne Latzhose und einen kratzigen Wollpullover angezogen und machte sich auf zu seinem ersten Rundgang. Genau genommen war er den ganzen Tag über auf Rundgang durch den Schrebergarten. Immer wachsam, immer auf der Suche nach Fehlverhalten. Von solchen Verfehlungen gab es in seinen Augen weiß Gott genug.

Kaum hatte er an jenem Sommertag das Gartentürchen hinter sich geschlossen, entdeckte er nach den ersten Schritten auf dem Kiesweg etwas, das ihm sofort ins Auge stach. Dieses »etwas« war ein kleiner Hund, etwa kniehoch. Er hatte hellbraunes, leicht zotteliges Fell. Kallemann kniff die Augen zusammen. Alles an ihm kniff sich zusammen. Tiere hasste er ebenso wie Menschen, wenn nicht noch mehr. Vor allem Hunde. Herumstreunende Vierbeiner waren wie lärmende, schreiende Kinder, einfach nur schrecklich.

Dabei war das nicht immer so bei ihm gewesen. Vor etlichen Jahren hatte Kallemann selbst einen Hund besessen, einen kleinen Rauhaardackel namens Ringo, der ihm nicht von der Seite gewichen war. Die beiden waren beste Freunde gewesen. Aber eines Tages, bei einer morgendlichen Wanderung durch den Wald, hatte der Hund Witterung aufgenommen und war plötzlich losgerast. So laut Kallemann auch gerufen hatte, Ringo war einfach nicht mehr zurückgekommen. Über einen Tag und eine Nacht lang hatte Kallemann unbeirrt an derselben Stelle im Wald verharrt. An der Stelle, an der er Ringo aus den Augen verloren hatte. Es war ihm klar gewesen, wenn, dann würde sein geliebter Kleiner sicherlich dorthin zurückkommen. Kallemanns Gefühle hatten zwischen Wut, Sorge und tiefer Verzweiflung hin und her geschwankt. Immer wieder hatte er den Namen des Hundes in den Wald hinausgeschrien. Aber all seine Bemühungen waren ohne Erfolg geblieben. Schließlich war er nach Hause geschlichen, erschüttert und verzweifelt. Auch seiner Frau Ellen war es nicht gelungen, ihn zu trösten. Eine völlige Unsicherheit hatte ihn von Anfang an gequält. Was war mit Ringo geschehen? War er irgendwo hinuntergestürzt? Oder hatte ihn jemand eingefangen? Oder wollte Ringo, sein alter Kumpel, und diese Vermutung war die schlimmste von allen gewesen, einfach nicht mehr zu ihm zurück? Kallemann hatte sich in der Folge einer zunehmenden Verbitterung hingegeben. Sicherlich war es vor allem dieses Ereignis, das seinem Leben eine neue Wendung gegeben hatte. Von da an wurde er Schritt für Schritt zu dem missmutigen Ekel, als das ihn die meisten später kannten. Dies war nicht von heute auf morgen geschehen. Vielmehr war die Entwicklung schleichend gewesen. Letztendlich war Kallemann zu einem unausstehlichen Zeitgenossen geworden. Je mehr er sich seinem Selbstmitleid und seiner Verbitterung hingab, umso schlimmer wurde es. Er war ein richtiger Kotzbrocken.

Da kreuzte an diesem Tag der unbekannte vierbeinige Eindringling seinen Weg. Kallemann beobachtete das Vieh einen Moment lang. Der Hund war gerade dabei, direkt neben dem Kiesweg ein Loch in die Erde zu buddeln. Kallemann schoss das Blut in den Kopf. Er fuchtelte mit beiden Armen in der Luft herum, so als müsste er mit ihnen Schwung holen. Dann rannte er los.

Dabei schrie er im Laufen: »Du mieses kleines stinkendes Stück! Was machst du da?«

Er wollte auch im Laufen nicht den Blick von dem Tier lassen. So hastete er vorwärts und übersah dabei einen größeren Stein, der aus dem Kiesweg nach oben ragte. Er kam ins Straucheln, seine Beine wollten ihm nicht mehr gehorchen. Er ruderte mit den Armen, um sich aufrecht zu halten, aber alle Versuche waren vergebens. Wie ein alter Baum, gefällt von einer Motorsäge, stürzte er zu Boden. Gar nicht schnell fiel er, eher ganz langsam, aber unaufhaltsam. Krachend streckte er sich längs auf dem Weg hin. Kallemann schäumte vor Wut. Sein ganzer Körper vibrierte vor Aufregung und Schmerzen. Schwer atmend hob er seinen Kopf leicht an, so gut er eben konnte. Der kleine Vierbeiner stand genau vor ihm, die freche Schnauze etwas mit Erde bedeckt. Er blickte den liegenden Kallemann an, neigte den Kopf, mal links, mal rechts, so als würde er gleich etwas sagen wollen. Kallemann sprangen fast die Augen aus dem Kopf. Er war puterrot. Er hechelte wie ein Hund, wollte etwas schreien, brachte aber keinen Ton heraus. Es hatte fast den Anschein, als würde ihn sein vierbeiniger Widersacher auslachen. Kallemann mochte keine Hunde mehr, aber diesen hier hasste er von der ersten Sekunde an ganz besonders. Der Alte versuchte, langsam aufzustehen. Während ihm das nach einigen Anläufen gelang, trabte der kleine Hund entspannt von dannen. Mit einer provozierenden Leichtigkeit tat er das. Es war mehr so eine Art Trippeln. Ein letztes Mal drehte er sich um und blickte zu Kallemann zurück. Mit einer Mischung aus Mitleid und Spott, so kam es dem Alten vor.

Den Rest des Tages verbrachte Kallemann damit, nach dem widerlichen Mistvieh in jeder Ecke des Schrebergartens zu suchen. Aber der Hund war wie vom Erdboden verschluckt. Umso mehr ließ der Alte seinen angestauten Ärger an den anderen Gärtnern, ahnungslosen Spaziergängern, überhaupt allen Mitmenschen aus. Nicht wenige mussten Beschimpfungen und Meckereien über sich ergehen lassen. An diesem Tag gelang es Kallemann, noch unausstehlicher zu sein als sonst. Auch die Polizei hatte etliches zu tun. Immer wieder klingelte bei ihr das Telefon.

Dabei trieb sich der kleine Vierbeiner weiter in der Gegend herum. Als er schließlich richtig Hunger bekam, machte er sich auf die Suche nach etwas Fressbarem. Er hatte eine unbändige Lust auf etwas Süßes. Er ahnte, hier in der Nähe musste irgendwo eine Bäckerei oder Konditorei sein.

2

Die beiden Giraffen hatten unendlich lange Hälse. Sie streckten sich so, dass sie über die im Wind wehenden Palmwedel hinwegblicken konnten. Sie schritten wiegend auf und ab. Fast wie zwei Models auf einem Laufsteg. Lina musste grinsen. Es sah zu witzig aus. Die Giraffen gingen bedächtig, Schritt für Schritt auf eine dichte, dunkelgrüne Hecke zu. Sie beugten sich hinunter, um an den Zweigen zu zupfen. Schmatzend grinsten sich die beiden beim Kauen an. An einer Liane schwang ein kleiner Affe ins Bild. Er trug einen blauen runden Hut auf dem Kopf und ließ sich auf einer der beiden Giraffen nieder. Das schien diese nicht weiter zu stören, und sie kaute zufrieden weiter. Der Affe warf seinen Hut in die Luft und fing ihn geschickt im Sprung wieder auf. Er landete vor einem dicken Bären, der eine dunkelgrüne Latzhose trug. In der rechten Hand hielt der Bär eine große Schaufel. Der Affe machte ein paar Grimassen, der Bär reagierte wütend und holte mit der Schaufel aus. Er versuchte, den Affen zu treffen. Aber dieser war zu flink für den trägen Bären. Er griff sich eine andere Liane und schwang sich wieder hinauf in die Luft. Der Bär warf die Schaufel dem flüchtenden Affen hinterher. Aber er verfehlte ihn.

»Jetzt komm schon, Lina. Bist du fertig? Wir müssen los.«

Lina, elf Jahre alt, schwieg.

»Lina, bitte. Tante Angela wartet auf uns.«

Es war ganz offenbar nicht eine der beiden Giraffen, die zu Lina sprach. Das Mädchen löste sich vom Fensterbrett im ersten Stock der neuen Wohnung und drehte sich zu seiner Mutter Meike um.

»Jaja, ich komm ja schon.«

»Bitte träum nicht den ganzen Tag.«

»Hab ich gar nicht.«

»Sondern?«

»Ich hab nur aus dem Fenster geschaut.«

»Und dabei geträumt«, sagte Linas Mutter lächelnd.

Sie stand in der Tür und schüttelte hektisch ihre beiden Hände. Sie hatte gerade ihre Fingernägel lackiert, hellrot, und nun sollten diese noch schnell trocknen. Sie trug eine eng anliegende, hellblaue Jeans, darüber eine weiße Bluse, die lässig über der Hose herunterhing. Lina fand, ihre Mutter sah super aus. Sie lächelte, während ihre Mutter versuchte, vorsichtig mit den frisch lackierten Nägeln Sneaker anzuziehen. Begleitet von einem leisen Fluchen schaffte sie es schließlich.

Lina schaute nochmals aus dem Fenster, hinüber zu dem Schrebergarten, der direkt an das Mietshaus grenzte, in dem sich ihre neue Wohnung befand. Sie waren erst vor knapp einer Woche hier eingezogen. Eine neue Wohnung in einer fremden Stadt. Lina sah zu den beiden großen Tannen hinüber, die im kräftigen Sommerwind hin und her wogten. Der blaue Luftballon, der sich in den Zweigen einer der Tannen verfangen hatte, konnte sich befreien und stieg zappelnd in den Himmel auf. Auch der Bär war noch zu sehen. Es war in Wirklichkeit, wie Lina jetzt sah, ein dicklicher, schon etwas älterer Mann in einer Latzhose. Er kehrte mit einem langen Besen den Boden. Blätter und Unrat wanderten auf eine Schaufel, und von da in einen Eimer aus Blech. Der Dicke fluchte beim Kehren vor sich hin. Lina konnte über die Entfernung hin nicht verstehen, was er brummelte, aber seine Stimmung war offensichtlich rattenschlecht. Die Schaufel flog urplötzlich durch die Luft und verfehlte nur knapp einen Spatz, der in der Nähe aus einer Pfütze trank. Lina war sauer. So ein mieser Typ.

»Jetzt komm endlich, Lina!«

»Ich muss nur noch kurz meine Nägel lackieren, und dann bin ich auch schon fertig«, neckte Lina sie.

Sie ging vom Fenster zu ihrer Mutter. Die beiden lachten sich an und umarmten sich.

»Du wirst sehen. Wir werden es sehr schön haben. Wir zwei machen es uns hier richtig gemütlich.«

Meike küsste ihre Tochter auf die Stirn und strich ihr eine Strähne zur Seite.

»Jetzt mach endlich hinne, Mama. Sonst ist Tante Angela wieder stinkig«, sagte das Mädchen mit einem Augenzwinkern.

Lina hatte auch einen Papa, aber den sah sie so richtig nur einmal im Jahr. Er lebte schon seit einigen Jahren nicht mehr mit ihnen zusammen. Ihre Eltern hatten sich getrennt. Lina sah ihren Vater immer für eine längere Zeit, wenn sie zu ihm nach Italien fuhr. Eigentlich wollte sie auch dieses Jahr in den Sommerferien, also genau jetzt, dort sein. Aber es war wie verhext. Ihr Vater war als Ingenieur viel in der Welt unterwegs. Für Lina nahm er sich normalerweise in den Ferien immer Zeit. Nur dieses Jahr hatte es nicht geklappt. Er musste weit weg, wegen der Montage eines großen Kraftwerks. So blieb den beiden nur das Telefonieren, und Lina verbrachte die Sommerferien dieses Jahr mit ihrer Mutter. Schlecht war allerdings, dass sie erst vor Kurzem in die neue Stadt gezogen waren. Lina kannte keinen Menschen hier. Auch ihre beste Freundin war in der alten Heimat zurückgeblieben. Lina hatte nicht umziehen wollen. Aber ihre Mutter meinte, sie müssten es tun. Sie hatte ihre Arbeit als Hausdame in einem großen Hotel verloren. Angela, Linas Tante, hatte schon immer gebettelt, dass es hilfreich und wunderbar wäre, wenn sie in ihrem kleinen Café am Rande des Stadtparks Hilfe hätte. Hilfe von Meike. Angela freute sich auf ihre Schwester und auf ihre Nichte. Lina hasste es, ein Kind zu sein. Sie hatte nicht umziehen wollen. Aber immer setzten die Erwachsenen ihren Willen durch, und als Kind hatte sie das Nachsehen. Allerdings, wenn sie ehrlich war, verstand sie auch ihre Mutter. Sie brauchte eine Arbeit, und Tante Angela war auch ziemlich nett.

3

Zu Angelas Café gehörte eine kleine Konditorei mit einer großen Auslage voller Köstlichkeiten. Als Lina und ihre Mutter ankamen, herrschte viel Betrieb. Alle Tische in dem kleinen romantischen Gärtchen waren besetzt. Meike und Lina gingen hinein. Auch drinnen war einiges los. Das Café war ein Rundbau mit viel Glas. Innen hantierte Angela hinter einem Tresen herum. Sie war eher klein und ein bisschen rundlich. Sie hatte eine Schürze umgebunden, an der sie sich immer wieder ihre Hände abwischte. Meist aus einer inneren Hektik heraus. Ihre Freude, Schwester und Nichte unter den Gästen zu entdecken, war ehrlich groß, und die Begrüßung war überschwänglich. Sie hatten sich schon länger nicht mehr gesehen. Dann rief Angela ihren beiden Kellnerinnen etwas zu, drehte sich dabei fast einmal um ihre eigene Achse. Das Geschäft brummte, und eine Bestellung nach der anderen kam herein. Lina war es etwas zu viel Trubel. Sie verzog sich lieber nach draußen und ließ Mutter und Tante alleine. Sie wollte sich in Ruhe etwas umsehen. Schließlich war hier alles neu für sie.

Lina ging ein paar Schritte um das Gebäude herum. Der kleine Hund stach ihr sofort ins Auge. Er saß direkt vor der Glasscheibe der Auslage mit den Köstlichkeiten. Seine Nase drückte fest von außen gegen das Fensterglas. Der Kleine war etwa kniehoch und hatte ein hellbraunes, leicht zotteliges Fell. Seine Ohren standen neugierig nach oben. Als Lina neben ihn trat, drehte er kurz den Kopf zu ihr, aber nur für einen Moment. Dann starrte er wieder in die Auslage, in der sich Plunderteilchen, Erdbeerschnitten und Sahnetorten präsentierten, und noch viele andere süße Kuchenstücke mehr.

»Na, mein Kleiner, was darf es denn sein?«, fragte Lina ihn mit einem frechen Seitenblick.

Der Hund reagierte nicht. Lina blickte ihn fragend an, hoffte auf eine Antwort. Sie wusste natürlich, dass ein Tier nicht sprechen kann, aber wie viele Kinder hatte sie die große Hoffnung, dass es eben doch sein könnte. Aber der Vierbeiner antwortete nicht, sondern wendete den Blick von ihr ab, wieder zurück zu den Süßigkeiten. Lina lachte. Auch wenn sie keine Antwort bekommen hatte, wollte sie das kleine Spielchen keinesfalls beenden.

So legte sie nach. »Du weißt schon, dass das hier ein Café ist und keine Metzgerei. Nix mit Wurst. Hier gibt es nur Süßes. So was magst du doch gar nicht.«

Da drehte der Hund wieder seinen Kopf zu Lina und öffnete ganz langsam die Schnauze. Er hechelte und sabberte. Seine Augen wurden wässrig. Sie zeigten zugleich Sehnsucht und leichte Verzweiflung.

Lina streichelte ihm sanft über den Kopf.

»Oje, da hat aber einer wirklich Kohldampf«, sagte sie leise und einfühlsam.

Der Hund nickte. Lina schien es fast so, als ob er sie verstanden hätte.

»Du magst wirklich etwas Süßes?«

Der Hund antwortete stumm mit einem bettelnden Blick.

Sie deutete Richtung Auslage.

»Vielleicht den dicken Bienenstich da hinten?«

Der Hund schüttelte, wenn auch nur angedeutet, den Kopf. Jedenfalls schien es ihr so.

»Nicht?«, fragte Lina lachend, aber auch leicht verwundert.

Abermals ein Schütteln.

»Den Apfelkuchen mit Streuseln?«

Dieses Mal gab es gar keine Reaktion. Lina fand immer mehr Gefallen an der ungewöhnlichen Unterhaltung. Sie ging nacheinander alle Köstlichkeiten durch, bis sie zuletzt auf die Nussecken deutete, die ganz hinten auf einem runden, weißen Teller angerichtet waren. Der Hund bellte hell und kurz. Er fiepste und wedelte heftig mit dem Schwanz. Lina war leicht irritiert ob seiner deutlichen Reaktion. Es schien wirklich fast so, als ob er sie verstanden hätte. Seine Augen bettelten sie an. Er hielt ihr seine rechte Pfote ihn. Lina war gerührt, streichelte seinen Kopf. Sie zögerte nicht mehr länger und rannte los. Der Hund blickte ihr nach und sah, wie das Mädchen durch den Eingang in dem Café verschwand.

Als Lina kurz darauf mit einer Tüte mit Nussecken in der Hand wieder herauskam, wollte der Hund keinesfalls wie von ihr gewünscht Sitz oder gar Platz machen. Er fixierte die süßen Teilchen in ihrer Hand. Er war wie gebannt. Als Lina sich etwas zu ihm hinunterbeugte, sprang er ohne jede Vorwarnung hoch, drehte in der Luft eine kleine Pirouette, schnappte sich im Drehen aus Linas Hand die Tüte und landete geschickt mit allen vieren auf der Erde. Dann gab er Fersengeld. Er rannte los, ohne sich auch nur einmal umzudrehen.

Lina rief ihm hinterher: »Hey. Schon mal was von ›Danke‹ gehört?«

Doch es gab keine Reaktion. Hund und Nussecken verschwanden blitzschnell hinter einer Hecke. Lina war nicht sauer, sondern eher amüsiert.

4

Es war inzwischen dunkel geworden, die Sonne war schon lange untergegangen. Bevor er zu Bett ging, drehte Kallemann jeden Abend noch eine letzte Runde durch die Gartenanlage, um nach dem Rechten zu sehen und um eventuelle Verstöße gleich zu notieren. Alles musste schließlich seine Ordnung haben, und wenn dem nicht so war, würde er schon dafür sorgen. Am Ende seiner Runde an diesem Abend bog er auf sein eigenes Gartengrundstück ein. Als er die beiden Leuchten an seinem Holzhäuschen anschaltete, wurde er schlagartig blass. Er hatte in seinen Beeten Tulpen gepflanzt, und zwar ausschließlich Tulpen. Im Grunde seines Herzens hasste er alle anderen Blumen und Pflanzen. Nur Tulpen, die gefielen ihm. Das lag vielleicht daran, dass er früher von Beruf Binnenschiffer gewesen war. Auf dem Weg zum Meer war er auf dem Rhein immer nach Holland geschippert, dem Land der schönsten Tulpen. Aber jetzt sah er: In seinen Beeten hatte jemand große Löcher gegraben und dabei einige Blumenzwiebeln herausgerissen. Kallemann ließ sich auf einen Klappstuhl auf seiner Terrasse fallen. Er wischte sich den Schweiß von der Stirn. Wer war das gewesen? Etwa dieser widerliche Köter von heute morgen? Während er nach Luft schnappte, hörte er plötzlich ein seltsames Geräusch hinter dem Geräteschuppen. Vorsichtig schlich er durch die Dunkelheit, in der Hand eine noch ausgeschaltete Taschenlampe. Als er um die Ecke spähte, sah er einen Schatten. Er machte die Lampe an und schrie: »Jetzt hab ich dich!«

Im Lichtkegel entdeckte er ihn. Es war, wie schon geahnt, der zottelige kleine Hund. Kallemann fluchte und schnaubte. Der Vierbeiner wiederum blickte ihn nicht panisch, eher leicht gelangweilt an. Kallemann zitterte am ganzen Körper.

»Du Mistviech. Na warte!«

Ansatzlos sprang er nach vorne und krachte mit seinem ganzen Gewicht zu Boden.

»Du mieser kleiner Stinker.«

Mit seinen dicken, fleischigen Händen versuchte er, das Tier zu packen. Aber er merkte, dass es in letzter Sekunde entwichen war. Er rappelte sich auf und leuchtete in der Gegend herum. Schließlich hatte er es wiederentdeckt. Der Hund saß auf der Stufe vor der Tür zu seinem Häuschen. Er neigte den Kopf und beobachtete, anscheinend ganz entspannt, wie der dicke Mann auf ihn zustürmte. Kallemann war außer sich. Er rannte los, so schnell er konnte, und sprang mit aller Kraft, die Arme nach vorne gestreckt, fast waagrecht durch die Nacht. Voller Überzeugung, dieses Mal das Drecksvieh zu erwischen. Er schrie, aber sein Schrei ging in ein erbärmliches Wehklagen über, als der Flug durch die Hüttentür abrupt abgebremst wurde.

»Ich mach dich fertig! Warte nur, bis ich dich in die Finger krieg. Dann zerquetsche ich dich!«

Jeder Versuch Kallemanns, seinen tierischen Gegner zu erwischen, endete im Desaster. Er schrie und schlug um sich, er mandelte sich auf. Je erfolgloser er war, umso mehr verlor er jede Kontrolle über sich. Die Situation entglitt ihm. Schließlich war er völlig abgekämpft. Er hatte sich zahlreiche Blessuren am ganzen Körper geholt. Seine Latzhose war an einem Hosenbein zerrissen. Von dem Hund war nichts mehr zu sehen. Na ja, wenigstens hatte er ihn in die Flucht geschlagen. Dachte er.

Ermüdet schlich er in sein Holzhäuschen und legte sich, so wie er war, auf das Bett. Er war viel zu geschafft, um sich auszuziehen. Alles tat ihm weh. Er schloss die Augen und dachte nach. Morgen würde er alles wieder in Ordnung bringen müssen. Er würde die Beete richten und die Tulpen retten, die noch zu retten waren. Er wollte nicht weiter daran denken. Also zwang er sich, einzuschlafen.

Kallemann tauchte in die Welt der Träume ab. Schnell entdeckte er ein kleines Schäfchen auf einer Wiese. Es war ein herrlicher Sonnentag. Doch auf einmal regnete es. Es war kein Nieselregen, kein Tröpfeln, eher ein saftiger Regenguss. Es war ein Regen wie ein Wasserfall, der aus dem Nichts kam. Kallemanns Gesicht wurde nass. Er wurde aus seinem Traum gerissen, schlug die Augen auf. Direkt vor ihm saß der kleine Hund. Er hatte Kallemann geweckt, indem er ihm mit seiner nassen Zunge wieder und wieder über das Gesicht gefahren war.

Der Alte schnellte hoch. Er griff nach dem Hals des Tieres, aber er griff ins Leere. Er sprang aus dem Bett. Der Hund hatte sich inzwischen auf einen kleinen runden Tisch mitten im Raum gesetzt. Er fuhr sich mit beiden Pfoten nacheinander über die Schnauze und leckte sich das Fell. Kallemann schoss das Blut in den Kopf. Es pulsierte, sein Blutdruck stieg ins Unermessliche.

»Du mieses kleines Stück«, schrie er und setzte zum Sprung an. Doch schon im Flug musste er einsehen, dass das Tier ihm wieder würde entweichen können. Und so landete der alte Mann mit seinen vielen Kilos auf dem runden Tisch, der unter ihm in mehrere Teile zerbrach. Splitterndes Holz verteilte sich auf dem Boden.

Es dauerte ein paar Minuten, bis Kallemann sich mit aller Mühe wieder aufgerafft hatte. Er blickte sich erschüttert um, sein schöner Holztisch lag wie ein Puzzle in unzähligen Teilen verteilt herum. Voller Zorn schaute er sich um und entdeckte den Hund, der es sich inzwischen auf seinem Bett bequem gemacht hatte. Der Vierbeiner wälzte sich zwischen Kissen und Laken hin und her, ohne dabei seinen Gegner aus den Augen zu lassen. Kallemann wollte abermals angreifen, aber nun verließen ihn mit einem Mal die Kräfte, und er ließ sich langsam an einer Wand nach unten rutschen. Er gab auf und streckte seine Beine von sich. Er konnte nicht mehr. Der Hund saß keinen Meter vor ihm und musterte ihn. Er wiegte den Kopf hin und her. Die Blicke der beiden trafen sich. Kallemann bemerkte einen Schimmer in den Augen seines Gegenübers. Die Augen des unbekannten Hundes ließen ihn nicht kalt. Das störte ihn.

Er blaffte ihn an. »Was glotzt du denn so blöd? Was soll das denn?«

Der Hund öffnete ganz langsam seine Schnauze und leckte sich mit der Zunge über die Lefzen. Kallemann schüttelte genervt den Kopf. Der Hund wiederum ließ ihn nicht aus den Augen. Sein Blick war intensiv, und Kallemann konnte ihm nicht ausweichen. Das war zu viel für ihn. Er nahm all seine Kraft zusammen und startete einen letzten Angriff. Er schnellte, so gut er das mit seinem massigen Körper konnte, hoch und wollte in Richtung seines Gegners springen. Aber er rutschte aus. Während der Vierbeiner regungslos das Schauspiel beobachtete, knallte Kallemann mit dem Kinn gegen den Bettrand aus massivem Holz. Die Zähne schlugen gegeneinander, und er sackte in sich zusammen. Der Alte verlor das Bewusstsein und wurde ohnmächtig. Aus dieser Ohnmacht fiel er in einen tiefen Schlaf.

5

In Kallemanns darauffolgenden Träumen gab es ein wildes Treiben. Erst träumte er davon, als Abenteurer wilde Tiere zu jagen. Vor allem Tiere in der Größe von Mammuts oder riesigen Dinosauriern. Dass er bei all seinen Versuchen keines von ihnen erlegen konnte, spielte keine Rolle. Er fühlte sich als Held der Wildnis. Er trug einen Tropenhelm, darunter eine kakifarbene Uniform. So durchreiste er in kürzester Zeit einen ganzen Kontinent. Die Bilderflut in seinem Kopf nahm zu. Alles wurde verworrener und chaotischer. Neben den wilden Tieren tauchten plötzlich wie aus dem Nichts Menschen aus dem Schrebergarten auf, die er wiedererkannte. Natürlich kam es zum Streit. Kallemann war im Schlaf außer sich. Er drehte und wälzte sich, auf dem Boden liegend, hin und her. Er schwitzte, und sein Körper japste nach Luft. So anstrengend waren die Träume für ihn. Doch es sollte noch schlimmer kommen.

Mit einem Mal erschien ihm Ringo auf einer bunten Blumenwiese. Es gab keinen Zweifel für ihn. Das war ganz klar sein geliebter Dackel, den er seit Jahren nicht mehr gesehen hatte. Kallemann rannte im Traum dem Vierbeiner hinterher. Dabei fiel er immer wieder hin, so uneben war der Boden. Die Kühe hatten tiefe Löcher in der Wiese hinterlassen. Doch der alte Mann raffte sich immer wieder auf, schaute sich verzweifelt um. Wenn er den weglaufenden Ringo wiederentdeckt hatte, rannte er ihm weiter hinterher. Schließlich blieb der Dackel an einer Stelle mit einem herrlichen Ausblick über eine faszinierende Landschaft stehen. Kallemann, völlig außer Atem, hatte ihn eingeholt. Er hielt neben dem Dackel, beugte den Körper nach vorne und schnaufte tief durch. Dann erhob er sich wieder und schaute ebenfalls in die Ferne. So standen sie nebeneinander und gaben sich der Schönheit der Natur hin. Als Kallemann den Kopf drehte und zur Seite zu dem Hund blickte, sah er voller Entsetzen, dass neben ihm gar nicht sein geliebter Ringo stand, sondern plötzlich dieser unbekannte Mischling. Der Alte geriet in Panik. Er schaute sich verzweifelt um, doch den Dackel konnte er nirgends sehen. Stattdessen saß der Mischling ruhig im Gras. Kallemann sah ihn an. Dieses Tier war ihm zugleich nah wie unheimlich.

»Schlaf dich erst mal aus. Du musst ganz schön erschöpft sein.«

Kallemann hörte die Worte, aber er konnte nicht verstehen, woher sie kamen. Er blickte sich um, aber er war mit dem Tier allein auf der Wiese. Seine Augen kniffen sich zusammen. Er starrte sein Gegenüber an. Sollte etwa dieser Hund gerade etwas zu ihm gesagt haben? Das konnte nicht sein. Ganz abgesehen davon, dass dessen Schnauze sich überhaupt nicht geöffnet hatte.

»Aber wir sehen uns bald wieder«, hörte er abermals die Stimme, die leicht krächzend, jedoch deutlich zu verstehen war. Es muss der Hund sein, der da spricht, dachte sich Kallemann. Ihm fiel der Unterkiefer nach unten. Er wollte schon etwas sagen, aber der Vierbeiner sprang mit einem Mal auf und rannte davon. Kallemann blickte ihm hinterher und ließ sich erschöpft nach hinten zwischen die Blumen und Gräser fallen. Sein Blick schweifte in das Blaue des Himmels ab. Die einzelnen Wolken davor erschienen ihm wie verwobene Schleier. Alles wurde unscharf und verwischte sich miteinander. Wie hypnotisiert verfiel Kallemann nun wirklich in einen erholsamen Schlaf, ohne Tiere oder Träume anderer Art. Erst viele Stunden später wachte er wieder auf. Er lag immer noch auf dem Boden seines Schrebergartenhäuschens.

6

Die Sonne stand schon weit über dem Horizont, als Kallemann endlich erwachte und sich langsam erhob. Unheimlich erschien ihm vor allem, dass er sich an alles erinnern konnte, das er geträumt hatte. Sogar daran, dass ein Hund zu ihm gesprochen hatte. Jener Hund, der ihm seine Beete zerstört hatte. Jener Hund, mit dem er sich einen vergeblichen Kampf geliefert hatte. Dieser fiese kleine Mischling. Sofort blickte er sich suchend um. In der Hütte war das Vieh nicht zu entdecken. Vorsichtig schlich Kallemann ans Fenster und starrte nach draußen. Und wirklich: Das vierbeinige Zottelmonster war immer noch da. Es hatte es sich auf der kleinen Veranda vor dem Häuschen gemütlich gemacht und genehmigte sich genüsslich eine Nussecke. Diese hatte er wahrscheinlich in einem der Tulpenbeete vergraben.

Kallemann schüttelte sich. Erst den Kopf, dann den ganzen Körper. Er wollte, dass dieser Traum endlich aufhörte. Aber als er sich umblickte und seine verwüstete Hütte sah, wurde es ihm klar. Das hier war kein Traum mehr. Das war seine Wirklichkeit. Auf der Terrasse seines Häuschens lag ein Vierbeiner und fraß gemütlich vor sich hin. Kallemann wurde schlecht. Er musste sich fast übergeben.

Er schaute aus der Tür, zuckte abermals zusammen, als er den Vierbeiner nun auf seinem Schaukelstuhl entdeckte. Der Hund hob leicht den Kopf.

»Da bist du ja endlich. Hoffentlich ausgeschlafen«, hörte ihn Kallemann sagen.

Er war sich nicht sicher, ob er nicht allen Verstand verloren hatte. Alles war wie in dem Traum. Auch wenn sich die Schnauze des Tieres nicht öffnete, nicht ein klitzekleines bisschen, so konnte er doch klar hören, dass dieser Hund zu ihm sprach. Oder bildete er sich das nur ein? Kallemann kniff sich in den Arm. Er kniff so fest, dass es ihn wirklich schmerzte und er einen kurzen Schrei loslassen musste. Er war wach. Die Welt um ihn herum war wach. Aber Kallemann wollte keinen sprechenden Hund in seinem Leben haben. Wie konnte das sein? War er verrückt geworden? Er erinnerte sich, dass er in letzter Zeit hin und wieder mit sich selbst Gespräche geführt hatte. Dabei hatte er auch laut gesprochen. Seine ständige Einsamkeit hatte ihn dazu verführt, laute Selbstgespräche zu führen. Aber was jetzt gerade mit ihm geschah, erschien ihm anders. Das war kein Selbstgespräch. Er musste sich am Türrahmen festhalten. Es war ganz klar: Er hörte in seinen Gedanken den Hund sprechen. Das war zu viel für ihn.

»Du … du …«, stotterte er.

Der Hund blieb ganz ruhig. »Ganze Sätze bitte. Sonst versteht dich kein Mensch.«

Kallemann fasste sich an die Stirn. »Du … du … bist aber kein Mensch.«

»Das stimmt wohl, aber dein Stottern bringt uns auch nicht weiter.«

»Du bist ein Hund.«

»Toll beobachtet. Nach was sehe ich denn sonst aus?«

»Und du kannst sprechen?«

»Sagen wir mal so: Offenbar kannst du mich verstehen. Es spielt keine Rolle, wie du es nennst.«

»Das glaube ich alles nicht. Ich verstehe dich ganz deutlich.« Kallemanns fast tonlose Sprache zeigte seine wahre Fassungslosigkeit.

Der Hund schmatzte ein bisschen. »Ganz köstlich, diese Nussecken aus dem kleinen Café. Das kannst du mir glauben. Ich kenne mich aus mit Nussecken. Diese Dinger hier sind etwas ganz Besonderes. Da versteht einer sein Handwerk. Wichtig ist vor allem die Bissqualität.«

Der Hund biss voller Genuss ein weiteres Stück von dem süßen Teil ab. Kallemann hielt sich die Ohren zu. Er wollte diese Stimme nicht mehr hören. Er hatte Angst davor, endgültig verrückt zu werden. Aber so fest er seine Hände auch gegen die Ohren drückte, die Stimme hörte nicht auf.

»Eine Nussecke darf nicht zu fest sein, aber auch auf keinen Fall … labbrig.«

Kallemann ließ die Hände fallen. Er starrte den Vierbeiner an. Seine Beine schlotterten. Er lehnte sich gegen das Geländer der Veranda. Sein Atem ging schnell, aber flach. In seinem Kopf drehte sich alles. Er gab auf.

»Wer bist du?«

»Das erklär ich dir später«, schmatzte der Hund mit voller Schnauze. »Erst mal muss ich frühstücken.«

Kallemann war versucht, sich noch mal in den Arm zu kneifen, ließ es dann aber doch bleiben. Er sah dem Tier beim Fressen zu.

»Du willst mit mir nicht ernsthaft über Nussecken sprechen?!«

»Worüber würdest du dich denn dann gern an diesem Tag unterhalten?«

Kallemann deutete auf den Garten vor sich.

»Zum Beispiel darüber, dass du hier alles kaputt gemacht hast. Von drinnen im Häuschen gar nicht zu reden.«

Der Hund hatte inzwischen die ganze Nussecke verspeist und leckte sich die Pfoten.

»Das sind doch nur ein paar kleine Löcher. Das lässt sich leicht wieder in Ordnung bringen. Und da drinnen, das hast du ganz persönlich zerlegt. Was kann ich dafür, wenn du so ausflippst. Du hättest dich besser zusammenreißen sollen.«

»Wie bitte? Jetzt bin ich noch schuld?!«

»Aber das ist so was von klar. Und davon abgesehen – wenn du nicht so ein miesepetriger, schlecht gelaunter, ständig seine Mitmenschen piesackender Typ wärst, wäre ich wahrscheinlich gar nicht hier.«

Kallemann klatschte sich mit der Hand gegen die Stirn.

»Was soll der ganze Quatsch?«

»Noch verstehst du es nicht. Aber bald.«

Der Alte blickte zu seinen verwüsteten Tulpenbeeten. Er wusste nicht mehr, was er sagen sollte. Aber er wusste mit jeder Minute mehr, was er wollte. Er wollte das Vieh unbedingt wieder loswerden. Das war alles zu viel für ihn.

Er dachte nach, wurde aber dabei von der Hundestimme unterbrochen.

»Ich denke, du solltest mal langsam anfangen, deine Bude in Ordnung zu bringen. Von alleine räumt die sich nicht wieder auf.«

Kallemann schnappte nach Luft.

»Ich möchte, dass du wieder verschwindest.«

»Ich gehe nicht. Ich bleibe.«

»Hau ab!«

Wieder hielt sich Kallemann die Ohren zu und drückte die Handflächen ganz fest gegen den Kopf. Gleichzeitig summte er etwas vor sich hin.

Der Hund blieb davon völlig unbeeindruckt.

»Auf Geschrei reagiere ich schon gleich gar nicht«, sagte er bestimmt.

Der Alte zog sich ins Häuschen zurück. Was konnte er tun? Nach einigen Momenten des Sinnierens schlich er sich durch die Hintertür zurück ins Freie. Er robbte auf allen vieren Richtung Geräteschuppen. Dabei ließ er den Hund nicht aus den Augen. Gott sei Dank war dieser inzwischen viel zu sehr mit einer weiteren Nussecke beschäftigt. Er beachtete den Alten gar nicht. Ächzend, weil gebückt und vorsichtig schleichend, erreichte Kallemann den Geräteschuppen und verschwand darin. Er musste kein Licht anmachen. Denn obwohl es duster war, kannte er sich in dem Chaos gut aus. Er versuchte, möglichst wenig Geräusche zu verursachen, als er sich durch all die Dinge kämpfte, die dort herumlagen. Schließlich hatte er gefunden, was er gesucht hatte: einen großen Kescher. Mit diesem hatte er früher Fische aus dem Wasser gezogen, als er noch Binnenschiffer war. Hin und wieder einen selbst gefangenen Fisch an Bord des Kutters zu grillen, war eine willkommene Abwechslung gewesen. Vorsichtig schlich er hinaus, den Kescher hinter seinem Rücken versteckt haltend. Er blickte zu dem Schaukelstuhl, aber der Hund war verschwunden. Hektisch schaute er sich um, er konnte ihn jedoch nicht entdecken. Oder hatte er sich irgendwo auf dem Grundstück versteckt? Aber es gab keine Spur von ihm. Gebückt schlich Kallemann langsam zum Häuschen. Er drückte sich von außen gegen die Holzwand und lugte durch das Fenster nach innen. Er sah, dass der verhasste Vierbeiner es sich auf seinem Bett bequem gemacht hatte. Er lag mit dem Rücken mitten auf dem Federbett und streckte alle vier Beine senkrecht Richtung Decke. Kallemann hätte kotzen können. Das musste ein Ende haben. Er stellte sich, den Kescher in der Hand, direkt neben die Tür.

»Schnell, komm schnell. Da vorne liegt noch eine Nussecke im Beet. Die hast du wohl übersehen.«

Es dauerte nur Sekunden, und der Hund kam von drinnen angerannt. Er blieb auf der Türschwelle stehen.

»Wo?«, fragte er voller Vorfreude ganz außer Atem.

»Dort«, sagte Kallemann, zeigte in eine bestimmte Richtung und schmetterte im selben Augenblick den Kescher über den Hund. Dieser versuchte, sich zu befreien, aber je mehr er kämpfte, umso mehr verhedderte er sich. Der Alte lachte und rief: »Drecksköter! Drecksköter!«

»Du wiederholst dich«, versuchte der Hund trotz seiner misslichen Lage einen Hauch von Coolness auszustrahlen.

»Sei froh, wenn ich dir nicht gleich hier den Hals umdrehe. Du widerliches, stinkendes Etwas.«

Der Hund jammerte. »Jetzt lass mich frei. Dann haue ich auch wieder ab und lass dich allein.«

»Oh nein«, ereiferte sich der Alte. »Auf diesen blöden Trick fall ich nicht rein.«

Er ging, mit dem zappelnden Hund im Kescher, zurück zu dem Geräteschuppen und holte eine Holzkiste. Er steckte den im Kescher gefangenen Hund hinein.

»Du verstehst sicher, dass ich das nicht gut finden kann, was du hier tust«, sagte der Hund mit leiser Stimme.

Kallemann lachte laut auf.

»Umso besser. Es spielt keine Rolle, was du gut findest und was nicht.«

»Als ob du das beurteilen könntest.«

»Halt die Klappe, Mistvieh.«

»Keine Beleidigungen bitte.«

»Schnauze!«

Kallemann ließ mit einem lauten Krach den Deckel der Holzkiste nach unten fallen und verriegelte sie.

»Bald gibt es ein schönes Bad für dich. Ich hoffe, du kannst schwimmen.«

Es gab keine Antwort.

»Jetzt ist dir das Quatschen langsam vergangen. Gott sei Dank!«

Kallemann lauschte und hörte dumpf und leise den Hund aus der Kiste.

»Hast du es immer noch nicht kapiert. Du wirst mich nicht so ohne Weiteres wieder los.«

»Und warum soll ich diesen Unsinn glauben?«

»Ich werde es dir erklären. Jetzt oder später?«

»Am besten nie.«

»Vergiss es«, hallte es leise aus der Kiste.

Der Alte kicherte vor sich hin und packte die Kiste mit dem Hund drin auf eine alte, rostige Schubkarre.

7

In der Mitte der Schrebergärten lag ein kleiner Spielplatz mit einer Rutsche, einer Schaukel, einem Sandkasten und ein paar anderen eher älteren Spielgeräten. Viele der Schrebergartenbesitzer hatten Kinder, und so war der Ort sehr beliebt. Vor allem am Wochenende herrschte hier mächtig Trubel. Kein Wunder, dass Kallemann dieser Spielplatz schon länger ein Dorn im Auge war. Aber all seine Versuche, ihn zu sabotieren oder sogar verbieten zu lassen, waren gescheitert.

Lina und ihre Mutter hatten sich vorgenommen, heute mal die nähere Umgebung zu erkunden. Meike wollte in der Ferienzeit ganz für ihre Tochter da sein und erst danach mit der Arbeit im Café beginnen. Angela hatte das akzeptiert, auch wenn sie Meikes Hilfe bereits jetzt sehr gut hätte gebrauchen können. Sie hatte auch noch mal vorsichtig nachgefragt. Aber Meike war standhaft geblieben. Sie wollte Lina den Umzug in die ungewohnte Umgebung so leicht wie möglich machen. Die nächsten Wochen sollten nur ihnen beiden gehören. Bei ihrem Ausflug in die nähere Umgebung ihrer Wohnung waren die beiden an dem Spielplatz hängen geblieben. Lina schaukelte, während ihre Mutter auf einer kleinen Parkbank die morgendliche Ruhe genoss. Sie hatte die Augen geschlossen und lauschte dem Gezwitscher der Vögel. Wunderbar, wie ruhig es an einem Vormittag unter der Woche hier sein konnte. So ein Schrebergarten konnte eine Oase in einer hektischen Großstadt sein.

In die herrliche Stimmung hinein mischte sich plötzlich ein nerviges Quietschen. Das Geräusch kam von dem ungeölten Rad an Kallemanns Schubkarre, mit der er die Holzkiste transportierte. Der Alte mühte sich ab, um über den Kiesweg bis zu dem Parkplatz am Rande des Schrebergartens zu gelangen. Dort hatte er seinen in die Jahre gekommenen rostigen und verbeulten Kleinwagen geparkt. Sein Weg führte ihn direkt am Spielplatz vorbei. Als er die beiden dort sah, setzte er die Schubkarre kurz ab und blickte grimmig zu Meike. Er deutete mit ausgestrecktem Arm zu den beiden Fahrrädern, die Lina und ihre Mutter an den Holzzaun gelehnt hatten.

»Radfahren ist hier verboten!«

Meike öffnete ihre Augen. Sie sah den Mann überrascht und verständnislos an.

»Guten Morgen erst mal«, sagte sie.

Kallemann blaffte sie aus dem Stand weg an.

»Das können Sie sich sparen. Mein Morgen war bis jetzt alles andere als gut. Außerdem geht Sie das einen Scheißdreck an, wie mein Morgen war und ist.«

Meike war sichtlich überrascht. So viel Unfreundlichkeit in einem Schwall hatte sie nicht erwartet.

»Wie reden Sie denn mit mir?«

Kallemann stemmte die Arme in die Hüften. Er hatte die beiden hier in »seinem« Schrebergarten noch nie gesehen. Allein dieser Umstand regte ihn schon auf.

»Was lungern Sie überhaupt hier rum? Um die Zeit? Haben Sie denn keine Arbeit?«, giftete er.

»Wie bitte?«

Meike glaubte ihren Ohren nicht zu trauen. Sie stand langsam auf und ging zu ihm hin. Lina wiederum hatte mit dem Schaukeln aufgehört und beobachtete die Erwachsenen.

»Verstehen Sie mich nicht? Dann lesen Sie von meinen Lippen ab.«

Kallemann wurde lauter und sprach nun ganz langsam.

»Radfahren ist hier verboten. Geht das in Ihren Schädel rein?«

Meike musste sich alle Mühe geben, ruhig zu bleiben. Kallemann wiederum war inzwischen seinerseits einen Schritt auf sie zugegangen und baute sich vor ihr auf.

»Auch wenn es Sie nichts angeht, wir haben die Räder geschoben und sind nicht gefahren«, sagte Meike mit deutlicher Stimme. Von so einem Stinkstiefel wollte sie sich nicht anblaffen lassen.

Lina war inzwischen von der Schaukel gerutscht und zu der Schubkarre mit der Holzkiste gegangen. Weder Kallemann noch Meike hatten in ihrer Auseinandersetzung davon etwas mitbekommen. Aus der Kiste hörte das Mädchen ein leises Wimmern. Sie drückte ihr Ohr gegen das Holz. Das Wimmern wurde lauter.

»Ich sage Ihnen, wenn ich Sie hier auch nur einmal

beim Radfahren erwische, dann hole ich die Polizei«, so Kallemann zu Meike.

»Ich schlage vor, Sie nehmen Ihre nervtötende Schubkarre und schieben sie vom Acker.«

Kallemann schnaubte, seine Nasenlöcher wurden größer und größer. Seine Nasenhaare vibrierten.

»Ich gehe, wenn ich will. Ich werde mir sicher nicht von einer Dahergelaufenen sagen lassen, was ich in meinem Schrebergarten zu tun habe.«

Meike reagierte leicht spöttisch.

»Ach, das ist Ihr Schrebergarten. Das wusste ich gar nicht. Auf dem Schild am Eingang stand gar nichts davon.«

»Sie Dahergelaufene!«, wiederholte sich Kallemann.

»Sie können mich nicht beleidigen.«

Meike konnte gar nicht anders, als in ein leichtes Grinsen zu verfallen. Kallemann wirkte zwar aufgebracht, aber auf sie auch irgendwie einen Tick lächerlich.

»Ich warne Sie. Ich habe Sie im Auge«, platzte es aus dem Alten heraus.

Er drehte sich zu seiner Schubkarre um, gerade als Lina den Deckel der Holzkiste hochheben wollte. Sofort war der Alte auf hundertachtzig.

»Na warte, du Göre. Was machst du denn da? Die Kiste geht dich überhaupt nichts an. Verstanden?!«

Er rannte zu Lina und packte sie am Arm. Sofort ging Meike dazwischen.

»Lassen Sie meine Tochter los. Sofort!«, schrie sie ihn an.

»Das kleine miese Ding wollte mich beklauen. Ich lasse

sie erst los, wenn die Polizei da ist«, sagte er und drückte Linas Arm noch fester.

»Aua!«, schrie Lina auf.

»Lassen Sie sie los«, herrschte Meike den Alten an.

Als er dieser Forderung nicht nachkommen wollte, packte sie ihn am Hemdkragen. Es war ein fester Griff wie von einer Heldin in einem Actionfilm. Kallemann war sichtlich überrascht, und auch Lina war von ihrer Mutter beeindruckt.

»Wollen Sie mich angreifen? Ich bring Sie in den Knast. Sie und die Göre!«

Meike schubste Kallemann mit aller Kraft von sich weg, sodass dieser Lina loslassen musste. Er stolperte und fiel fast zu Boden. Er fasste sich an den Hals.

»Fassen Sie meine Tochter nie wieder an. Nie wieder. Ich hoffe, wir haben uns verstanden.«

Meike war außer sich, und Kallemann schüttelte sich.

»Sie werden noch von mir hören«, schnaubte er.

»Ich hoffe nicht«, meinte Meike.

Der Alte klopfte sich etwas Kiesstaub von seiner Latzhose. »Ich schicke Ihnen die Rechnung von der Reinigung«, brach es aus ihm heraus.

Da musste Meike wieder herzlich lachen.

»Sie sind schon ein seltsamer Mensch.«

Kallemann trabte mürrisch zu seiner Schubkarre und hob sie an. Er setzte seinen Weg Richtung Parkplatz fort.

Lina zupfte ihre Mutter am Ärmel.

»Das war super, Mama. Aber du musst ihn aufhalten. Er hat etwas in der Kiste.«

»Was denn?«

»Es hat gewimmert. Da war sicher ein Tier in der Kiste.«

»Was denn für ein Tier?«

»Das weiß ich nicht. Aber ich habe es ganz klar gehört.«

»Ach Lina, träum nicht immer den ganzen Tag.«

»Das tue ich gar nicht. Ich habe es ganz genau gehört. So ein Wimmern kam aus der Kiste.«

Meike blickte Kallemann hinterher, der inzwischen seinen geparkten Wagen erreicht hatte. Er war gerade dabei, die Kiste von der Schubkarre in den Kofferraum seines Kleinwagens zu heben.

»Ganz ehrlich, Lina. Ich möchte mit diesem Mann nichts mehr zu tun haben.«

»Bitte, Mama …«

»Nein, du hast doch gesehen, was das für ein Typ ist.«

Lina wollte noch etwas sagen. Aber ihr war klar, dass sie ihre Mutter nicht würde überreden können. Vielleicht hatte sie sich auch geirrt, und es war gar kein Wimmern in der Kiste gewesen.

»Komm, jetzt fahren wir in die Stadt und essen ein Eis«, sagte Meike.

Sie wollte ihre Tochter zu gerne auf andere Gedanken bringen.

8

Kallemann raste fluchend und hupend durch die Stadt und aus ihr hinaus. Er hatte es eilig. Alle anderen Verkehrsteilnehmer waren für ihn wieder mal nur Idioten. Er bedachte sie mit wüsten Verwünschungen und Kraftausdrücken. Er zeigte hin und wieder auch beleidigende Gesten. Umso mehr regte er sich auf, wenn er selbst entsprechende Reaktionen zurückbekam. Auf Menschen, wie er selbst einer war, reagierte er erst recht ausfallend. Die Kallemanns dieser Welt konnten einander nicht ausstehen.

Schließlich, nach fast einer Stunde Fahrzeit, hatte der alte Mann sein Ziel erreicht. Der Stausee war nur über Nebenstraßen zu erreichen gewesen. Er hielt an einer Stelle, die zwischen einigen Sträuchern gut versteckt lag. Er öffnete den Kofferraum und kontrollierte, dass der Deckel der Holzkiste wirklich fest verschlossen war. Er wollte ganz sicher sein, dass nichts schiefging. Er wollte das Mistvieh endgültig loswerden. Mit aller Kraft hievte er die Kiste aus dem Kofferraum und trug sie zu einer Mauer, die direkt an den See grenzte. Zehn Meter darunter lag die glatte Wasseroberfläche. Es gelang ihm unter Ächzen und Stöhnen, die Kiste auf die Mauer zu bugsieren. Einige kleinere

Steine lösten sich aus dem Mauerwerk. Dann stieß er mit einem Schrei die Kiste in die Tiefe. Mit einem lauten Platschen landete diese im Wasser. Kallemann schaute ihr nach. Aber die Kiste ging nicht unter, wie von ihm erwartet. Sie glitt langsam über das Wasser und schwamm auf der Oberfläche. Hauptsache weg, dachte sich der Alte. Wenn sie bis zum Ozean treiben sollte, wäre ihm das recht. Wichtig war nur, dass der Köter wieder aus seinem Leben verschwunden war. Er klatschte kräftig in die Hände und stieß einen Seufzer der Erleichterung hervor. Nach einem letzten Blick zurück Richtung Kiste ging er entschlossen zu seinem Wagen. Nichts wie nach Hause, dachte er sich.

Auf dem Nachhauseweg gab er mächtig Gas und raste ebenso durch die Stadt wie auch auf dem Hinweg. Aber das Fahren fiel ihm schwer. Er konnte sich einfach nicht so recht konzentrieren. Zweimal konnte er einen Zusammenstoß mit einem anderen Fahrzeug erst in letzter Sekunde vermeiden. Was war nur los mit ihm? Er schwitzte und fluchte. Er wurde innerlich hin und her geschüttelt. Als er wie in Trance eine rote Ampel überfuhr, antworteten die anderen Autofahrer mit einem wütenden Hupkonzert. Kallemann verstand die Welt nicht mehr. An einer Parkbucht hielt er schließlich an und stellte den Motor ab. Sein Atem ging regelmäßig, aber schwer. Er schlug gegen das Lenkrad, immer wieder, und drückte zugleich den Kopf nach hinten gegen die Kopfstütze. Er schloss die Augen und versuchte, sich zu beruhigen. Aber in diese Dunkelheit hinein mischte sich plötzlich etwas, das er vergeblich zu verdrängen suchte. Es war der Blick des Hundes. Dieser Blick suchte und fand ihn. Er ließ ihn nicht mehr los. Kallemann würgte und fluchte. Er fühlte, wie ein Unwohlsein sich nach und nach in seinem massigen Körper ausbreitete. Er schlug sich mit der Hand gegen den Kopf und bemerkte dann, dass Passanten neben seinem Auto stehen geblieben waren. Sie starrten zu ihm ins Wageninnere. Kallemann wollte schon die Scheibe herunterlassen und die Leute beschimpfen. Aber er zögerte und machte stattdessen nur einige unwirsche Handbewegungen. Schließlich startete er den Motor. Er riss das Lenkrad herum und drehte um. Er fuhr zurück zu dem See.

Dort angekommen, machte er sich auf die Suche nach der Kiste. Sie musste noch irgendwo sein. Sie konnte doch in der Kürze der Zeit nicht so weit abgetrieben sein, dass er sie nicht mehr entdeckte. Aber sosehr er sich auch bemühte, sie war verschwunden. Dann rannte er los. An den Ufern des Sees lief er entlang, immer seinen Blick über das Wasser gerichtet. Aber all seine Bemühungen waren erfolglos. Die Kiste mit dem eingesperrten Hund darin war nicht mehr zu finden. Erst nach einigen Stunden sah der Alte, dass er keine Chance hatte. Müde und erschöpft schlich er zu seinem Wagen zurück und klemmte sich hinter das Lenkrad. Es brauchte noch über eine Stunde, bis er sich imstande sah, loszufahren. Sein Weg führte ihn geradewegs nach Hause, in sein Häuschen im Schrebergarten.

9

Zu Hause angekommen, setzte sich Kallemann in seinen Schaukelstuhl auf der Veranda. Er blickte über seinen verwüsteten Garten und lauschte in die Stille. Nur aus der Ferne hörte er ganz leise ein paar Kinderstimmen und Gelächter. Aber das störte ihn im Augenblick nicht weiter. Sollen sie doch, dachte er sich. Er wusste selbst nicht, wie ihm geschah. Was war mit ihm? Da hörte er plötzlich eine ihm inzwischen vertraute Stimme.

»Was bist du nur für ein Mensch?! Du hättest mich umbringen können«, sagte die Stimme mit strengem Unterton.

Kallemann riss die Augen auf. Keine zwei Meter vor ihm hatte es sich der Hund auf einem Kissen in einem Sessel bequem gemacht. Er blickte Kallemann ernst an.

»Ich hätte wirklich allen Grund, dir böse zu sein.«

Kallemann öffnete wie ein Karpfen stumm seinen Mund und schloss ihn auch gleich wieder. Kein Wort kam heraus.

»Sei froh, dass ich es überlebt habe.«

»Aber wie? Ich verstehe … das nicht.«

»Was verstehst du denn dabei nicht?«

»Du warst doch in der Kiste.«

»Ja und? Hast du die Kiste vielleicht untergehen sehen?«

»Nein.«

»Also. Und mehr musst du auch nicht wissen.«

Kallemann nickte, schluckte und sagte darauf erst mal nichts mehr.

»Aber ich erkenne auch an, dass du dein Fehlverhalten noch korrigieren wolltest.«

Jetzt rückte sich Kallemann aufrecht. Das plötzliche Auftauchen des Vierbeiners hatte ihn zwar richtig verwirrt, aber ihm andererseits auch wieder Oberwasser gegeben. Er versuchte, sich cool zu geben.

»Ich weiß gar nicht, wovon du sprichst«, brummelte er, »ich bin nur zurück, um zu sehen, ob die Kiste nicht doch untergegangen ist.«

»Jetzt pass mal auf, Kallemann.«

Der Angesprochene war baff.

»Woher weißt du, wie ich heiße?«

»Ich könnte einfach sagen, dein Name steht am Briefkasten. Aber so ist es nicht. Deinen Namen kenne ich natürlich schon länger. Denn genau genommen bin ich kein richtiger Hund.«

»Du siehst aber aus wie einer. Wenn auch nicht besonders schön.«

»Das will ich überhört haben.«

»Schau doch mal in den Spiegel.«

»Ehrlich gesagt will ich dir gar nicht gefallen. Es gibt Wichtigeres. Ich werde es dir erklären.«

Der Hund betrachtete den alten Mann mit einem breiten Grinsen. Jedenfalls kam es Kallemann so vor, als würde er ihn angrinsen.

»Ich bin dein Gewissen.«

»Mein was?«

»Dein Gewissen.«

Kallemann lachte los. Es war allerdings ein verzweifeltes Lachen, das in ein Jammern überging.

»Hör auf. Ich kann von so einem Unsinn nichts mehr hören.«

Er ballte in einer Mischung aus Verzweiflung und Genervtheit die rechte Hand zur Faust. Damit schlug er auf das Holzgeländer der Veranda.

»Mein Gewissen? Mein Gewissen ist ein Hund?! So einen Unsinn glaubst du doch selbst nicht.«

»Ich sehe aus wie ein Hund, und irgendwie bin ich auch einer, aber ich bin dein Gewissen.«

»So ein Quatsch«, sagte Kallemann.

»Schau mal. Es ist doch nur zu deinem Vorteil. Ich will aus dir einen anständigen und guten Menschen machen.«

»Wie?«

»Jaja, keine Frage, das wird nicht einfach werden.«

»Was soll das denn?«, entfuhr es dem Alten. »Ich bin ein guter und anständiger Mensch!«

»Das kann nicht sein. Sonst würde ich nicht mit dir sprechen. Ich bin zwar ziemlich spät dran, aber nicht zu spät. Wenn du dir Mühe gibst.«

Kallemann traute seinen Ohren und seinen Augen nicht. Vor ihm saß ein zotteliger Vierbeiner, den er verstehen konnte, obwohl dieser offensichtlich nicht sprach. Ein Vierbeiner, der vorgab, sein Gewissen zu sein.

»Wir müssen besprechen, was alles in den nächsten Tagen ansteht«, sagte der Hund etwas lauter.

»Ich brauche kein Gewissen. Ich habe schon eines.«

»Da magst du recht haben. Jeder Mensch hat ein Gewissen. Aber bei dem einen oder anderen ist es ein bisschen verschüttet. Mehr oder weniger.«

»Ich bin ein guter und anständiger Mensch«, sagte der Alte trotzig.

»Das hast du schon einmal behauptet. Aber allein durchs Wiederholen wird es nicht wahrer. Ganz abgesehen davon würden das viele Menschen hier im Schrebergarten ganz anders sehen. Nein, lass mich sagen, nicht viele, sondern alle.«

»Das ist nicht wahr.«

»Doch. Nehmen wir nur zum Beispiel die alte Frau Neumair.«

»Die kennst du auch?«, fragte Kallemann überrascht.

»Natürlich. Was für eine Frage.«

»Was soll mit ihr sein?«

»Das weißt du.«

»Nichts weiß ich.«

»Du hast ihr verboten, mit ihrem Rollator über den Kiesweg zu fahren.«

»Das habe ich nicht.«

Der Hund hob ermahnend eine Pfote. »Lüg nicht.«

Kallemann zuckte unwillkürlich zusammen.

»Okay, aber ihr blöder Rollator macht tiefe Furchen in den Kies. Da könnte man stürzen. Darauf habe ich sie freundlich hingewiesen. Das war alles.«

»Freundlich?«

Kallemann schwieg trotzig. Der Hund schüttelte genervt den Kopf und schmatzte.

»Tatsache ist, dass sie sich nicht mehr hierhertraut. Sehr schade ist das. Und was ist mit den Kindern der Familie Müllerschön?«

»Also hör mir mit diesen Gören auf. Die haben mir Joghurt in den Briefkasten geschüttet.«

»Aber nur, weil du ihnen das Trampolin zerschnitten hast.«

»Das war ich nicht. Das war der Wind.«

»Der Wind? Wie soll denn das gehen? So ein Unsinn. Das warst du mit deinem Klappmesser.«

»Das Trampolin hat gequietscht. So etwas braucht kein Mensch. Und die Kinder schreien immer so laut und schrill beim Springen.«

»Kinder sind Kinder.«

»Diese mistigen Bälger von den Müllerschöns sind nervtötende Drecksgören, keine Kinder.«

»Kein Fluchen und keine Beleidigungen mehr. Merk dir das!«

Kallemann fühlte sich wieder wie zurück in seinem schrecklichen Traum.

»Woher willst du das überhaupt wissen, das mit dem Trampolin? Warst du etwa dabei?«

»Erstens hast du es sozusagen gerade selbst zugegeben.«

Kallemann wollte etwas dagegen einwenden, aber der Hund ließ ihn nicht zu Wort kommen.

»Außerdem … ich weiß alles. Ich muss alles wissen. Ich bin schließlich ein Teil von dir.«

Kallemann brummte der Schädel.

»Ich bin müde, ich will schlafen. Ich kann nicht mehr«, jammerte er.

Der Hund überlegte für einen Moment.

»Okay. Machen wir morgen früh weiter. Aber vergiss nicht. Wir haben viel zu tun«, sagte er mit ruhiger Stimme.

»Ich will nur vergessen. Alles vergessen, was mit dir zusammenhängt.«

»Das wird dir nicht gelingen. Sein Gewissen kann ein Mensch nicht einfach vergessen. Es ist da.«

»Letzte Woche warst du noch nicht da.«

»Doch. Du hast mich nur noch nicht beachtet.«

Kallemann reagierte nicht mehr auf die letzten Worte des Hundes. Er schleppte sich zum Bett, streckte die müden und schmerzenden Glieder von sich und fiel sofort in einen Tiefschlaf.

10

»Auf geht's. Jetzt wird aufgeräumt.«

Mit einem Schlag war Kallemann am nächsten Morgen hellwach. Der Hund stand neben seinem Bett und schaute ihn mit großen Augen an.

»Ich bin müde«, sagte Kallemann.

»Das kann nicht sein. Du hast über zehn Stunden geschlafen. Das muss reichen.«

Kallemann drehte sich zur Seite und wünschte sich nur, in Frieden gelassen zu werden. Doch als der Hund leise knurrte und das Knurren immer lauter wurde, wurde ihm bewusst, dass er keine Chance hatte. Ächzend erhob er sich langsam aus dem Bett. Nach einer schnellen Katzenwäsche und einer Tasse Kaffee fühlte er sich wahrlich noch nicht fit für den Tag. Er trat gähnend auf die Veranda, wo ihn der Hund schon erwartete.

»Da bist du ja endlich, Kallemann. Bei dir ist der Tag ja schon wieder dunkel, bevor er überhaupt angefangen hat.«

»Was hetzt du mich denn so?«

»Ich kann Unordnung nicht ausstehen. Ganz einfach.«

»Wie bitte? Die ganzen Löcher hast du gegraben.«

»Ich rede mehr von der Unordnung da drinnen im Häuschen.«

Kallemann erstarrte. Er war noch nicht so recht in seiner neuen Wirklichkeit angekommen. Er wusste einfach nicht, wie ihm geschah. Aber nach einigen Sekunden des Nachdenkens schlich er sich zurück ins Häuschen.

Der Hund rief ihm hinterher: »Gib dir Mühe. Ich komme später rein zum Kontrollieren.«

Es dauerte fast zwei Stunden, bis Kallemann mit den Aufräumarbeiten einigermaßen fertig war und alles so gut wie möglich repariert hatte. Der Hund hatte ihn nur einmal kurz unterbrochen. Er hatte sich von Kallemann ein Stückchen Wurst aus dem Kühlschrank reichen lassen. Danach hatte er etwas Bier aus einem Suppenteller geschlabbert. Natürlich trank er auch einfaches Wasser, so wie alle Hunde. Aber hin und wieder ein kleines Bierchen, das schmeckte ihm schon. Kallemann war es egal. Ihn konnte inzwischen nichts mehr so schnell verwundern. Nach dem Bier und einem weiteren Paar Würstchen hatte es sich der Vierbeiner wieder draußen auf der Veranda im Schaukelstuhl bequem gemacht. Er ließ sich die Sonne auf den Bauch scheinen.

Als Kallemann nach getaner Arbeit erschöpft den Kopf herausstreckte, war der Hund schaukelnd eingeschlafen. Er schnarchte zufrieden vor sich hin. Seine Pfoten hingen lässig über die Lehnen des Schaukelstuhls.

Kallemann war fassungslos und starrte auf die leichte Wölbung des Hundebauchs.

»Hallo … Hund … ich bin fertig«, brummte er.

Er wusste noch nicht mal, wie der zottelige Eindringling hieß. Sicherlich hatte er einen Namen. Aber den kannte er nicht. Der Hund schlief in aller Ruhe weiter. Das Schnarchen wechselte sich dabei mit einer vereinzelten Schnappatmung ab. Kallemann räusperte sich, erst leiser, dann zunehmend lauter.

»Hund, ich bin fertig«, wiederholte er.

Der Hund öffnete ein Auge. »Ich bin wach.«

»Unsinn, du hast geschnarcht.«

»Komisch, ich habe gar nichts gehört.«

Der Hund gähnte und blickte Kallemann zufrieden an.

»Gut gemacht, Kallemann.«

Der Alte war irritiert. »Du hast doch noch gar nichts gesehen. Nichts kontrolliert.«

»Das muss ich nicht. Ich habe von dir geträumt, wie du geputzt, aufgeräumt und repariert hast. Na also, geht doch.«

Kallemann war schon lange nicht mehr gelobt worden. Es fühlte sich gut für ihn an.

»Allerdings … etwas anderes.«

»Was ist denn?«, fragte der Alte mit stockender Stimme.

»Mein Name ist nicht Hund.«

»Sondern?«

»Ja, eigentlich heiße ich Gewissen. Aber ich finde, ich habe einen anderen Namen verdient. Findest du nicht? Gewissen als Name ist doch echt dämlich.«

»Ich weiß nicht«, meinte der Alte zögernd.

»Ich schon. Was meinst du, wie könnte ich heißen?«

»Keine Ahnung. Bello?«

Der Hund schüttelte energisch den Kopf.

»Bello?! Ja geht's noch. Ich bin doch kein gewöhnlicher Köter. Ich sehe schon, von dir kommt da nichts Gescheites.«

»Wie wäre Nervensäge?«

»Das habe ich überhört.«

Der Hund blickte sich in Kallemanns Garten um.

»Tja, wie könnte ich heißen?«

»Ich bleibe bei Nervensäge.«

»Also Kallemann!«, entgegnete der Hund, »reiß dich zusammen.«

Er schaute sich weiter nachdenklich auf Kallemanns Parzelle um. Schließlich hatte er eine Idee.

»Du darfst mich Tulpe nennen. Ich mag Tulpen. Die sind so schön bunt. Solange ich bei dir bin, heiße ich Tulpe. Das ist wirklich ein schöner Name.«

»Das geht nicht. Auf keinen Fall«, krächzte Kallemann.

»Warum nicht?«

»Weil ... ich mag auch Tulpen.«

»Und?«

»Ich kann dich nicht Tulpe nennen.«

»Weil du mich nicht magst?«

»Jedenfalls nicht so wie meine Tulpen.«

Kallemann setzte sich auf einen kleinen Metallhocker neben dem Hund im Schaukelstuhl.

»Also erstens – mein Name ist Tulpe.«

»Nein!«

»Keine Diskussion. Mir gefällt der Name.«

Kallemann gab auf und zuckte mit den Achseln.

»Und zweitens?«

»Mach es dir hier gar nicht erst zu bequem. Wir müssen gleich los.«

Der Alte blickte den Hund leicht entsetzt an und kratzte sich mit beiden Händen am Kopf.

»Was ist denn jetzt schon wieder? Wohin müssen wir denn?«

»Denk doch mal nach«, entgegnete der Hund mit seelenruhiger Stimme.

»Ich habe keine Idee.« Kallemann war wirklich ahnungslos.

»Schau mal. Ab heute beginnst du ein neues Leben.«

»Ich bin mit meinem alten ganz zufrieden.«

»Du bist ein Eigenbrötler, der gerne rumstänkert. Ein Fettwanst, den keiner mag. Ein ewig Unzufriedener, der schon lange nichts Schönes mehr erlebt hat.«

Kallemann schluckte. »Geht's noch? Was bildest du dir ein, mich so zu beschimpfen.«

»Irrtum, mein Lieber, du hörst dir selbst zu.«

»Ich glaube, ich habe genug gehört. Du machst mich noch wirklich wahnsinnig.«

Der Hund setzte sich auf. »Umso wichtiger ist es, dass du etwas tust.«

»Und was?«

»Du weißt doch, wo Frau Neumair wohnt?«

»Wie kommst du denn auf die?«

»Weil wir jetzt dahin fahren.«

»Wie? Was? Jetzt?«

»Logo. Du hast da einiges gutzumachen.«

»Das sehe ich anders«, entgegnete Kallemann mit entschlossener Stimme. »Außerdem weiß ich gar nicht, wo sie wohnt.«

»Die Adresse steht im Jahrbuch vom Schrebergarten. Kein Problem. Die findest du.«

»Aber …« Kallemann war ratlos, was er noch sagen konnte.

Tulpe hüpfte voller Tatendrang von einem Bein aufs andere. »Und vergiss nicht – mein Name ist Tulpe.«

Er kicherte. Der Name gefiel ihm. Sicherlich gab es auf der ganzen Welt keinen anderen Hund, der so hieß.

11

Auf dem Weg durch die Stadt musste Tulpe den Alten am Steuer immer wieder ermahnen. Keine Schimpfwörter, keine Beleidigungen, keine hässlichen Ausdrücke. Vor allem wird einem anderen Verkehrsteilnehmer weder ein Vogel noch der Stinkefinger gezeigt. Auch wird nicht mit der Faust gedroht. Kallemann war es nicht mehr gewohnt, dass jemand neben ihm auf dem Beifahrersitz saß. Und dann auch noch diese Nervensäge, sein eigenes Gewissen. Ihm war zum Heulen zumute, weil er sich so machtlos fühlte. Wenigstens innerlich konnte er noch die Fäuste ballen. Es grummelte in ihm. Er war wie ein Vulkan, dem es verboten worden war, auszubrechen.

Nach einer halben Stunde Fahrt standen die beiden vor einem älteren Mietshaus und schauten an der Front hoch.

»Auf geht's«, sagte Tulpe.

Kallemann zögerte. Da die Haustür des Mietshauses offen stand, trabte Tulpe hinein, und Kallemann folgte ihm notgedrungen nach kurzer Aufforderung. Gleich unten im Erdgeschoss fanden sie die Wohnung, die sie gesucht hatten. Die beiden standen vor der geschlossenen Wohnungstür. An der Wand neben der Klingel war ein kleines Schild angebracht: Neumair.

Kallemann blickte vorsichtig zu Tulpe neben sich.

»Vielleicht will sie gar keinen Besuch. Lass uns lieber wieder gehen«, sagte er.

»Auf keinen Fall. Du klingelst.«

»Warum?«

»Weil du ihr etwas sagen willst.«

»Was denn?«

»Improvisier!«

Kallemann zögerte. »Ich versteh kein Wort. Was meinst du?«

»Es geht um deine Entschuldigung«, sagte Tulpe.

»Wie bitte? Meine … was?«

»Mach schon. Deine Entschuldigung. Ich bin ja bei dir.«

»Und was soll ich sagen?«

»Das ist das Schöne an einer Improvisation, dass du dir vorher keine Gedanken machen musst.«

Kallemann zögerte.

»Ich würde gerne vor Sonnenuntergang wieder zu Hause sein.« Der Hund wurde langsam ungeduldig.

»Wie? Zu Hause?«

»Schon vergessen … Dein Haus ist ab sofort auch mein Haus. Und jetzt klingel endlich.«

Kallemann schluckte. Er bewegte seine rechte Hand langsam in Richtung der Klingel, zögerte aber im letzten Moment – was Tulpe leicht genervt kommentierte.

»Kallemann, worauf wartest du? Sie wird nicht aufmachen, wenn du nicht klingelst.«

»Aber was soll ich ihr denn genau sagen?«

»Geh mir nicht auf die Nerven. Du wirst dich entschuldigen.«

»Wofür?«

»Also, Gründe, dich zu entschuldigen, hast du wahrlich genug. Du klingelst jetzt! Basta.«

Kallemann sah ein, dass weiterer Widerspruch zwecklos war. Zögerlich streckte er abermals den Arm nach vorne und drückte die Klingel. Es schellte laut. Beide lauschten, aber man konnte von hinter der Wohnungstür nichts hören.

Kallemann wollte sich schon umdrehen.

»Niemand da. Wir gehen wieder.«

»Frau Neumair ist eine ältere Dame. Wir sollten ihr etwas mehr Zeit geben«, meinte der Hund.

Die Tür wurde von innen geöffnet, und eine ältere Frau mit Lockenwicklern in den Haaren erschien im Türrahmen. Sie trug einen blassbunten Kittel. Als sie Kallemann sah, zuckte sie unwillkürlich zusammen.

»Herr Kallemann, ähm … was …?«

Sie wollte etwas sagen, war aber offensichtlich zu überrascht, die richtigen Worte zu finden. Tulpe drückte von der Seite seinen Kopf gegen Kallemanns Schienbein.

»Guten Tag, Frau … ähm … Frau Neumair«, sagte dieser und versuchte dabei, ein freundliches Gesicht zu machen.

Frau Neumairs Miene drückte weiterhin mittelgroße Irritation aus.

»Herr Kallemann … was machen Sie denn hier? Ist Ihnen etwas passiert?«

»Nein … ähm … nein … nicht direkt …«, stotterte der Alte. Tulpe neben ihm verdrehte die Augen.

»So freundlich waren Sie noch nie zu mir, Herr Kallemann. In all den Jahren. Ihnen muss doch etwas passiert sein.«

Kallemann wusste nicht, was er darauf sagen sollte. Die beiden standen sich einen Moment schweigend gegenüber. Tulpe wiederum nahm Witterung auf. Ein leckerer Duft zog aus der Wohnung direkt an seiner Nase vorbei.

»Ich wollte Sie fragen, wie es Ihnen geht, weil ich Sie schon länger nicht mehr im Schrebergarten gesehen habe«, meinte Kallemann mit einer für ihn eher leiseren Stimme.

»Das wundert Sie?«, sagte die alte Frau Neumair mit traurigen Augen. »Sie haben mir doch verboten zu kommen.«

»Das habe ich so nicht gemeint. Da müssen Sie mich falsch verstanden haben.«

»Aber gesagt haben Sie es.«

»Das … das muss ein Missverständnis gewesen sein. Also, was ich Ihnen sagen wollte, natürlich dürfen Sie mit Ihrem Rollator über den Kiesweg. Keine Frage.«

Frau Neumair wunderte sich immer mehr, und ihr Gesichtsausdruck machte das klar.

»Sind Sie wirklich nicht krank?«

»Nein. Warum?«

»Sie sind plötzlich so freundlich zu mir. Oder sind Sie etwa gar nicht Herr Kallemann?«

»Doch. Das bin ich.«

»Haben Sie vielleicht etwas Falsches gegessen?«

»Nein.«

»Herr Kallemann, Sie haben doch nicht etwa getrunken?«

»Natürlich nicht. Also es ist so … ich würde mich sehr freuen, wenn Sie bald mal wiederkommen. Und wenn ich Ihnen bei irgendetwas behilflich sein kann, dann zögern Sie nicht, mir Bescheid zu sagen.«

Er blickte vorsichtig zu Tulpe neben sich. Hatte er alles richtig gemacht? Aber der Hund war gar nicht da. War er etwa schon wieder zum Auto gegangen? Frau Neumair wiederum war wegen Kallemanns ungewöhnlichem Auftritt so verwirrt, dass sie für den Hund überhaupt keinen Blick übrig gehabt hatte.

»Dann wünsche ich Ihnen noch einen schönen Tag, Frau Neumair. Und hoffentlich bis bald«, sagte Kallemann mit heiserer Stimme und räusperte sich.

»Den wünsche ich Ihnen auch, Herr Kallemann, einen schönen Tag.«

Schließlich schloss Frau Neumair die Tür. Über diese Begegnung würde sie noch etwas nachdenken müssen. Zurück in ihrer Küche wollte sie sich zuallererst einen kleinen Eierlikör genehmigen. Das tat sie sonst nur, wenn sie Besuch bekam, zum Beispiel einmal die Woche von ihren Freundinnen zum Bridge.

Tulpe war es gelungen, kurz bevor die Wohnungstür zugefallen war, zurück in den Hausflur zu schlüpfen. Frau Neumair hatte ihn gar nicht weiter bemerkt.

Auf der Rückfahrt durch die Stadt, zurück zum Schrebergarten, konnte es Kallemann nicht fassen. Wieder und wieder blickte er nach rechts zum Beifahrersitz, auf dem Tulpe aufrecht saß und zufrieden vor sich hin mampfte. Er hatte eine Bulette aus der auf dem Herd stehenden Pfanne von Frau Neumair gemopst. Genüsslich ließ er sie sich schmecken.

»Schämst du dich nicht? Wie kannst du der armen Frau ihr Essen aus der Pfanne stehlen?«, regte sich Kallemann auf.

»Oh, was haben wir denn da? Wirst du plötzlich zum Moralapostel?«

Kallemann blickte neidisch auf die Bulette.

»Du bist doch nicht etwa neidisch, oder?«, fragte Tulpe. »Pass auf. Es ist doch so. Da waren vier Buletten drin, und ich habe mir nur eine einzige genommen. Ich habe der alten Dame damit sogar einen Gefallen getan. Zu viel Fleisch zu essen ist gar nicht gesund.«

Kallemann starrte zu dem Vierbeiner auf dem Beifahrersitz. »Das glaub ich nicht«, entfuhr es ihm.

»Kochen kann sie gut, die Frau Neumair. Es ist nämlich wichtig, dass die Buletten nicht zu fest sind. Und auf keinen Fall darf man zu viel Brötchen reintun«, sagte Tulpe zufrieden mit voller Schnauze.

»Was soll das werden? Ein Kochkurs?«

»Nein. Ich kann natürlich nicht kochen. Aber ich verstehe etwas vom Essen.«

»In deinem Fall wohl eher vom Fressen.«

»Nenn es, wie du willst. Hauptsache, es schmeckt.«

Kallemann schlug mit seiner Hand mehrmals kräftig auf das Lenkrad.

»Was sagt denn dein Gewissen dazu, dass du ein gemeiner kleiner Dieb bist?«, ereiferte er sich.

»Ich habe kein Gewissen. Ich bin ein Gewissen. Ein Gewissen braucht kein Gewissen«, sagte Tulpe in völliger Gelassenheit.

Kallemanns Mund stand offen. »Das gibt's nicht. Das ist so was von ungerecht.«

»Reg dich ab und pass lieber auf den Verkehr auf.«

Kallemann hatte die Vorfahrt eines anderen Autos übersehen. Der Fahrer fluchte, zeigte ihm den gestreckten Mittelfinger und schrie dabei etwas durch die Windschutzscheibe seines Wagens, was die beiden natürlich nicht verstehen konnten.

Kallemann regte sich immer mehr auf.

»Hast du das gesehen? Hast du gesehen, was der mir gezeigt hat?«

»Mit solchen Menschen geben wir uns nicht ab.«

Tulpe genoss sichtlich das letzte Stück der Bulette. Denn auch wenn Nussecken seine absolute Lieblingsspeise waren, so hatte er ganz allgemein einen sehr langen Speiseplan. Von Würstchen über Leckerlis bis hin zu Markknochen. Tulpe mochte Salziges wie Süßes. Neben Nussecken schmeckten ihm auch Bienenstich, gedeckter Apfelkuchen und Aprikosencroissants. Von Gemüse und Obst hielt er dagegen weniger. Da musste sein Hunger schon sehr groß sein, dass er daran Gefallen finden konnte. Schließlich war er ein Hund und kein Hase.

12

Am nächsten Tag beschloss Tulpe, sich ein paar Stunden Auszeit zu nehmen. Er wollte sich in der für ihn noch ungewohnten Gegend umschauen. Vor allem hatte er einen Hintergedanken. Er wollte unbedingt einen kleinen Abstecher zu dem Café machen. Sicherlich gab es dort wieder diese köstlichen Nussecken. Davon könnte er noch ein paar mehr vertragen. Dem alten Kallemann hatte er derweil bei einer kurzen morgendlichen Unterhaltung einen kleinen Auftrag gegeben. Nachdem der erste Schritt mit Frau Neumair getan war, sollte er in dieser Richtung weitermachen. Kallemann sollte sich bei den Kindern der Familie Müllerschön entschuldigen. Jenen Kindern, denen er das Trampolin kaputt gemacht hatte. Er erwarte bei seiner Rückkehr einen genauen Bericht, so Tulpe. Kallemann solle erst gar nicht auf den Gedanken kommen, ihn anzulügen. Der wiederum hatte geschluckt und versprochen, sein Bestes zu geben. Insgeheim war er einfach nur froh, dass der Köter ihn endlich mal in Ruhe ließ, wenn auch nur für kurze Zeit. So ein Gewissen konnte wahrlich anstrengend sein. Entschuldigen würde er sich bei den kleinen Nervensägen auf keinen Fall. Der Hund wird den Auftrag sicherlich bald vergessen haben, dachte er. Das hoffte er zumindest und machte sich seinerseits auf in die Stadt. Er hatte ein ganz bestimmtes Ziel. Dort war er zwar schon länger nicht mehr gewesen, aber er hatte immer wieder darüber nachgedacht, mal dorthin zu gehen.

13

Als Tulpe über die Parkwiese Richtung Angelas Café trabte, ließ ihm die Vorfreude auf Süßes schon das Wasser im Mund zusammenlaufen. Er bildete sich ein, sie schon riechen zu können: diese herrlichen Nussecken. Da entdeckte er Lina, die auf dem Rücken im Gras lag und gen Himmel schaute. Sie gab sich gerne ihren Tagträumen hin. So sah sie grazile Balletttänzerinnen, die leicht wie Federn hin und her tanzten. Ihre weißen Kleider wehten wie von einer magischen Hand gestreichelt. Zwischen den Tänzerinnen zeigten sich hin und wieder mysteriöse weiße Bänder. Sie lösten sich nach einer Weile in nichts auf. Mit einem Mal betrat ein Geist mit einem dicken, dunklen Bauch das Bild. Er wirkte bedrohlich.

Tulpe beobachtete Lina eine Weile und zögerte. Vielleicht könnte das Mädchen ihm abermals helfen und ihm eine Köstlichkeit besorgen. Einen Versuch war es wert. Also ging er zu ihr. Sie schaute weiterhin Richtung Himmel. Der Hund drehte seinen Kopf auch dorthin. Er sah den weiß-blauen Himmel und das tiefe Blau und hin und wieder davor ein paar weiße Schäfchenwolken. Auch konnte er die Kondensstreifen von Flugzeugen sehen. Weiter hinten zeigte sich eine große dunkle Gewitterwolke. Sie war fast schwarz. Vielleicht würde es bald ein Gewitter geben.

Er drehte den Kopf von den Himmelsbildern zurück zu dem Mädchen. Als ein Blatt auf ihr Gesicht fiel und direkt auf ihrer Nase landete, wischte sie es mit der Hand weg. Sie erblickte ihn und lächelte.

»Oh hallo, wir kennen uns doch.«

Tulpe sah sofort einen Hoffnungsschimmer. Wenn sie sich an ihn erinnerte, dann würde sie sich sicher auch an die Geschichte mit den Nussecken erinnern, hoffte er.

Lina setzte sich auf und wischte sich eine Haarsträhne aus dem Gesicht.

»Eigentlich müsste ich dir ja böse sein. Du bist letztes Mal einfach so abgehauen, ohne ein ›Auf Wiedersehen‹. Und Danke hast du auch nicht gesagt.«

Tulpe zuckte zusammen. Das klang im Moment nicht so sehr verheißungsvoll. Aber er wusste, was zu tun war. Er kannte etwas, das alle Menschen mochten. Wenn man ihnen als Hund Pfötchen gab oder sich auf die Hinterbeine stellte. Auch das Drehen und Neigen des Kopfes sowie ein treuherziger Hundeblick konnten hilfreich sein. All das war meist ein unschlagbares Argument. Also streckte er ihr fast zögerlich die rechte Pfote hin. Nur nicht zu dick auftragen, dachte er sich. Und wie erwartet: Auf Linas Gesicht zeigte sich ein Lächeln. Sie konnte seinem Charme nicht widerstehen. Sie nahm die Pfote und schüttelte sie sanft.

»Okay. Ich glaube, dir kann man gar nicht böse sein. Ich heiße übrigens Lina. Und du?«

Wieder hatte das Mädchen den spontanen Drang, sich mit dem Hund unterhalten zu können. Aber Tulpe konnte nicht sprechen. So legte er all seine Kraft in seine, wie er fand, wunderschönen und treuherzigen Hundeaugen. Er blickte sie bettelnd an. Dann legte er sich auf die Wiese und streckte alle viere von sich. Erfahrungsgemäß war auch das etwas, das Menschen und vor allem Kinder toll fanden. Wie Lina. Sie begann ihn zu streicheln und zu kraulen. Tulpe drehte sich und streckte sich. Er genoss es sichtlich.

»Du bist aber auch wirklich ein Süßer«, flötete das Mädchen und stupste ihn zart gegen die Nase. »Und was für ein flauschiges Fell du hast.«

Tulpe liebte Komplimente. Er hörte sie gerne und konnte nicht genug davon bekommen. Vor allem aus dem Mund eines freundlichen, netten Mädchens klangen solche Worte ganz besonders. Also reckte und streckte er sich weiter, brummte und raunzte voller Genuss.

Lina blickte sich um, ob vielleicht jemand in der Nähe war, zu dem der Hund gehören könnte. Aber sie konnte niemanden entdecken. Sie waren ganz alleine auf der Parkwiese, nur weiter hinten, direkt vor dem Café, sah sie einige Besucher.

»Zu wem gehörst du denn? Hast du denn kein Zuhause? Am liebsten würde ich dich mitnehmen. Und was für schöne blaue Augen du hast.«

Tulpe zerfloss bei all den Schmeicheleien, und er hätte das Mädchen am liebsten so richtig abgeschleckt. Aber in dem Augenblick schoss ihm etwas anderes in den Kopf:

Nussecken! So sprang er plötzlich auf und preschte los, über die Wiese Richtung Café. Lina erhob sich ebenfalls und rannte ihm hinterher.

»Jetzt warte doch auf mich!«, rief sie.

Sie erreichte ihn erst wieder, als sie beide vor der Auslage des Cafés standen. Tulpe schaute hektisch hin und her. Aber sosehr er sich auch bemühte – was er hinter dem Glas nicht sehen konnte, waren Nussecken. Das konnte nicht wahr sein. Das letzte Mal waren noch so viele hier in der Auslage gewesen. Traurig blickte er zu Lina neben ihm. Er hatte sich so sehr auf diese süßen Nussecken gefreut. Wo waren sie?

Lina legte ihre Hand auf seinen Rücken und streichelte ihn. »Na, auf was hast du Lust? Vielleicht heute mal einen Käsekuchen? Oder vielleicht lieber einen Krapfen?«

Tulpe schaute sie traurig an. Seine Augen füllten sich mit Tränen. Das waren sicherlich auch leckere Süßigkeiten, aber nichts kam an diese Nussecken heran. Konnte Lina denn das nicht verstehen? Ihm wurde langsam schwummrig. Er spürte, dass er einen Schock bekommen würde. Einen Unterzucker-Schock. Das Wasser lief ihm links und rechts aus dem Mund. Lina merkte, dass es dem Hund nicht gut ging. Sie fuhr ihm zärtlich über die Nase.

»Was ist denn mit dir? Ist dir nicht gut?«

Tulpe verdrehte die Augen, und seine Beine drohten wegzusacken. Es war wirklich zu dumm, dass ihn das Mädchen nicht verstehen konnte.

»Es ist wirklich zu dumm, dass ich dich nicht verstehen kann«, sagte sie mit heller, wenn auch trauriger Stimme.

Tulpe nickte.

»Kannst du mich verstehen?«, fragte sie ihn überrascht.

Der Hund schien wieder zu nicken. Lina war irritiert. Sosehr sie sich auch wünschte, mit einem Tier sprechen zu können, war sie sich doch unsicher, ob der Vierbeiner sie vielleicht wirklich verstehen konnte. Sie überlegte.

»Zwei plus zwei ist fünf. Stimmt das?«

Tulpe, von der Lust nach Nussecken völlig von der Rolle, nickte abermals.

Auf Linas Gesicht zeigte sich eine gewisse Enttäuschung.

»Ich glaube, du verstehst nicht, was ich sage. Oder du kannst nicht rechnen.«

In dem Moment hörte man in der Ferne ein lautes Grummeln. Es kam aus der dunklen, runden Wolke. Die beiden sahen in die Richtung des drohenden Unwetters. Wahrscheinlich würde es sehr bald ein schweres Gewitter geben. Lina sprang auf.

»Vielleicht sage ich besser mal meiner Mutter Bescheid, dass es bald richtig regnen wird.«

Tulpe starrte inzwischen wieder in die Auslage mit den Süßigkeiten, was Lina natürlich bemerkte. Ihm lief das Wasser im Maul zusammen, was ihr nicht verborgen blieb.

»Ich weiß doch nicht, was du wirklich willst.«

Tulpe hätte heulen können. Lina überlegte, dann tippte sie sich mit dem Zeigefinger gegen die Stirn.

»Ja klar. Du liebst Nussecken. Das ist es«, prustete sie heraus.

Tulpe japste und jaulte vor Freude. Lina strahlte ihn an.

»Warte mal, vielleicht gibt es ja drinnen noch welche. Dann bringe ich dir welche raus.«

Tulpe hielt ihr als Dank die rechte Pfote hin. Lina umarmte ihn fest und drückte ihn.

»Sind wir Freunde? Ich bin neu in der Stadt, und ich kenne hier sonst niemanden. Du bist mein erster Freund hier.«

Tulpe war gerührt. Ein junges und wirklich nettes Mädchen wollte mit ihm befreundet sein. So etwas passierte ihm sonst auch nicht alle Tage. Wie oft war es vorgekommen, dass ihn die Menschen vom Hof jagten.

Während Lina aufsprang und Richtung Eingang rannte, machte es sich Tulpe auf dem Rasen bequem. Er hoffte so sehr, dass das Mädchen noch welche besorgen konnte. Schon allein die Vorstellung machte ihn glücklich.

14

Als Lina in das Café kam, konnte sie weder ihre Mutter noch ihre Tante irgendwo entdecken. Hinter dem Tresen war nur eine ihr unbekannte Mitarbeiterin gerade damit beschäftigt, einer Kundin mehrere Stücke Sahnetorte zum Mitnehmen einzupacken. Auch diese wusste nicht, wo ihre Chefin war. Kurzerhand ging Lina in das kleine Büro, das neben dem Gastraum lag und von diesem nur durch einen Vorhang abgetrennt war. Lina zog den Vorhang ein bisschen zur Seite und spähte durch den Spalt. Sie wunderte sich. Tante Angela lag in ihrem Büro mit dem Bauch auf dem Boden, und ihre Mutter Meike kniete wiederum auf Angelas Rücken. Dabei hielt sie Angelas Arme und zog sie fest nach hinten.

Angela schrie kurz auf: »Aaaah!«

Lina zuckte zusammen. Ihr tat es selbst weh, das zu sehen. Sie drückte sich durch den Vorhang hinein. Meike ließ in ihren Bemühungen nicht locker. Wieder schrie Angela auf. Das muss wirklich höllisch wehtun, dachte sich Lina. Die beiden Frauen bemerkten das Mädchen, das in der Tür stehen geblieben war.

»Hallo, Liebes«, sagte Meike, ohne ihre Position auf Angelas Rücken aufzugeben.

Die Tante selbst brachte als Begrüßung nur ein leises Seufzen über die Lippen.

»Was ist denn, Tante Angela? Was ist denn passiert? Bist du etwa gestürzt?«

»Nein, ich habe mir irgendwie den Rücken verrenkt. Das geht schon seit ein paar Tagen so, dass er verrücktspielt. Aber heute ist es besonders schlimm. Deine Mutter versucht gerade, ihn mir wieder einzurenken.«

Wieder zog Meike an Angelas Armen, und wieder schrie diese kurz auf. »Aua! Du tust mir weh.«

»Entschuldigung«, sagte Meike und zog gleich wieder ein weiteres Mal. Dieses Mal gab es ein leises Knacken, das auch Lina hören konnte.

Nach einigen Sekunden Pause entspannten sich die Gesichtszüge von Tante Angela. Ganz vorsichtig stand sie wieder auf und fasste sich dabei unwillkürlich an den Rücken. Sie betastete ihn.

»Vielen Dank, Meike. Das ist viel besser. Ich fühle mich schon wieder richtig gut. Super. Danke.«

Meike blickte ihre Schwester skeptisch an.

»Ich finde, du solltest damit unbedingt zum Arzt gehen. Schieb das nicht vor dir her. Wenn so was erst mal chronisch wird, ist es meistens schon zu spät.«

»Na, du machst mir Hoffnungen.«

»Ich gebe dir nur einen Rat.«

»Jaja, wenn ich mal Zeit habe, gehe ich«, meinte Angela ein bisschen mürrisch und drehte sich vorsichtig um die eigene Achse. Ein Lächeln zeigte sich auf ihrem Gesicht. Der Schmerz schien verflogen.

In diesem Moment knallte plötzlich ein Gegenstand von außen gegen eine der Fensterscheiben, sodass es schepperte. Es war ein kleiner Blumentopf aus dem Garten des Cafés. Angela war völlig aufgeregt.

»Mein Gott, ein Sturm, ein Gewitter. Wir müssen all die Sachen reinholen. Die Tischdecken, die Schirme. Wenn das ganze Zeug erst mal nass wird, dann sieht's übel aus.«

Draußen hatte ein mächtiger und böiger Wind eingesetzt, und die ersten fetten Regentropfen fielen vom Himmel. Dazu donnerte und blitzte es immer heftiger, wenn auch noch etwas weiter entfernt. Lina und ihre Mutter halfen ihrer Tante dabei, so schnell wie möglich die Dinge aus dem Gastgarten aufzuräumen. Gemeinsam brauchten sie keine zehn Minuten, bis alles verstaut war. Gerade als der Regen zunahm, waren sie fertig geworden.

15

Kurze Zeit später stand Lina etwas geschützt in der Tür zum Café und blickte über die Parkwiese. In der ganzen Aufregung um das aufkommende Gewitter hatte sie den Hund und auch die Nussecken völlig vergessen. Sie schaute sich um, aber er schien verschwunden. Sie eilte einmal um das Gebäude herum, aber auch vor der Auslage war keine Spur mehr von ihm.

Meike erschien in der Tür, einen Regenschirm in der Hand. »Komm, Lina, wir müssen uns beeilen. Sonst werden wir noch völlig nass. Das wird sicher noch schlimmer.«

Sie packte ihre Tochter am Arm. Gemeinsam liefen die beiden los. Lina drehte sich im Rennen noch mal um. Aber immer noch war von dem Hund nichts zu sehen.

Als sie am Ende der Parkwiese angelangt waren und auf einen größeren Spazierweg einbiegen wollten, entdeckte Lina ihn. Tulpe hatte sich unter eine große Eiche verzogen und suchte dort Schutz. Er bibberte am ganzen Körper. Er hasste Kälte und Nässe. Lina zog ihre Mutter zu dem Baum.

»Was ist denn, Schatz? Wir müssen nach Hause«, rief Meike gegen den aufkommenden Wind an.

»Aber siehst du denn nicht, Mama? Der kleine Hund. Er friert und ist schon ganz nass. Können wir ihn nicht mitnehmen?«, bettelte Lina.

»Das geht nicht. Wir können nicht einfach einen Hund mitnehmen. Wir wissen gar nicht, wohin er gehört. Sicherlich gibt es irgendwo einen Besitzer.«

Meike blieb hart und versuchte, ihre Tochter weiterzuziehen, auf dem Weg endlich nach Hause.

»Bitte, Mama!«

»Auf keinen Fall. Man darf nicht einfach einen fremden Hund mitnehmen. Das macht man nicht, und das könnte auch wirklich Ärger geben.«

Lina schwieg für einen Moment. Sie wusste, dass ihre Mutter im Grunde recht hatte. Aber sie wollte noch nicht so ohne Weiteres aufgeben.

»Aber wir können ihn doch mitnehmen. Und wenn das Gewitter aufgehört hat, dann bringen wir ihn wieder hierher zurück«, bedrängte sie mit großen Augen ihre Mutter.

»Ich habe keine Lust mehr, mit dir hier im Regen länger zu diskutieren. Basta. Lass uns gehen«, reagierte Meike genervt.

Erwachsene sind immer blöd, dachte sich Lina. Aber sie sagte lieber nichts mehr und folgte an der Hand ihrer Mutter. Im Gehen drehte sie sich noch einmal um. So sah sie, dass Tulpe ihr mit großen Augen nachblickte. Es war Zeit für ihn, selbst nach Hause zu eilen. Nach Hause zu Kallemanns Häuschen.

16

Kallemann hatte, nachdem Tulpe vor ein paar Stunden gegangen war, erst mal ein kleines Nickerchen in einem abgewetzten Sessel gehalten, den er mit einigen Kissen ausgepolstert hatte. Er wollte nur eins – seine Ruhe. Es war alles sehr anstrengend gewesen, seitdem dieser ominöse Hund bei ihm aufgetaucht war. Doch nach einer halben Stunde des Dösens hatte er neue Energie getankt, und nach einem starken Kaffee, mit drei Stückchen Zucker, war er entschlossen aufgebrochen. Aber er wollte nicht zu der Familie Müllerschön, obwohl Tulpe ihm den Auftrag gegeben hatte, sich bei den Kindern wegen des Trampolins zu entschuldigen. Er sah das überhaupt nicht ein. Diese elendigen Bälger hatten ihm schon immer das Leben schwer gemacht. Sie waren schuld. Wenn schon, dann müssten sie sich bei ihm entschuldigen. Er würde auf keinen Fall zu diesen dämlichen Drecksgören gehen. Stattdessen machte er bewusst einen großen Bogen um die Parzelle der Müllerschöns, als er auf seinem Fahrrad den Schrebergarten verließ. Denn sein Ziel war ein ganz anderes. Sein Weg führte ihn in ein Viertel am anderen Ende der Stadt.

Einige Kilometer entfernt hatte Kallemann bis vor einem Jahr zusammen mit seiner Frau gewohnt. Ihre gemeinsame Wohnung lag in einem bescheidenen, aber gepflegten Mietshaus am Ende einer kleinen Straße in einem ruhigen, bürgerlichen Viertel. Sie war im ersten Stock und besaß sogar einen Balkon. Seit einem Jahr war Kallemann nicht mehr dort gewesen, nicht in der Nähe, geschweige denn in der Wohnung selbst. Vielleicht war es das Auftauchen von Tulpe, das ihn zu diesem spontanen Entschluss gebracht hatte. Er wollte mal wieder zu seinem alten Zuhause. Er war sich nicht sicher, ob er wirklich hineingehen wollte. Aber wenigstens mal von außen nach dem Rechten sehen, das wollte er. Immerhin hatten seine Frau und er über zwanzig Jahre zusammen in dieser Wohnung gelebt.

Kallemann war auf dem Rad unterwegs, er wollte weder die U-Bahn noch Straßenbahn nehmen. Erstens hatte er Zeit, und außerdem wollte er sich lieber langsam seinem Ziel nähern. Er brauchte Zeit zum Nachdenken. Schließlich bog er leicht verunsichert in »seine« Straße ein, und schon aus der Ferne konnte er zu dem Balkon im ersten Stock hinaufblicken. Allerlei Gerümpel hatte sich dort angesammelt. Ein Sonnenschirm lehnte gegen das Geländer. Ein paar Blümchen in den beiden Kästen hingen traurig und vertrocknet über den Rand. Niemand hatte sich um sie gekümmert, sie gegossen. Kallemann hielt inne. Er war gekommen, um endlich mal wieder in der alten Wohnung nach dem Rechten zu sehen. Aber nun verließ ihn der Mut. Wie es da drinnen wohl aussah? Es würde ihn schon interessieren. Aber was sollte sich geändert haben? Niemand wird in der Wohnung gewesen sein, dachte er sich. Außerdem wollte er keinesfalls, dass ihn jemand von seinen alten Nachbarn sah. Was sollte er denen sagen? Sicherlich würden Fragen über Fragen auf ihn einprasseln. Kallemann erschauderte, schon alleine bei dem Gedanken daran.

Fast eine halbe Stunde verharrte er regungslos, seinen Blick immer nach oben zum Balkon gerichtet. Seine Gedanken gingen spazieren. Er dachte an die gemeinsame Zeit mit seiner Frau Ellen. Ihm wurde schwummrig. Er hätte sich so sehr gefreut, wenn sie jetzt auf dem Balkon erschienen wäre und zu ihm heruntergewunken hätte. Aber das würde nicht passieren. Kallemann trat von einem Bein auf das andere. Er fühlte sich dabei wie gelähmt.

Aus diesem Dämmerzustand weckte ihn nach unendlichen Minuten ein leichtes Grollen. Als er Richtung Himmel blickte, bemerkte er, dass dieser voller dunkler Wolken war. Ein Gewitter näherte sich. Als das Grollen und Donnern lauter wurde, machte er sich schnell wieder auf den Heimweg. Er wollte lieber nicht in einen Regenguss geraten.

Doch sosehr er auch in die Pedale trat, die Regenwolken waren schneller. Bald hatte ihn das Gewitter eingeholt. Er war pitschpatschnass, als er schließlich über den Kiesweg radelnd seine Parzelle erreichte. Er stellte das Rad ab und rannte zwischen den Tulpenbeeten zum Eingang des Häuschens. Gerade als er aufsperren wollte, kam von der anderen Seite eine kleine nasse Wollkugel angerannt. Eine Wollkugel auf vier Beinen. Es war Tulpe.

17

Die beiden waren nicht nur völlig durchnässt, sondern auch durchgefroren. Kallemann warf sich eine Wolldecke um die Schultern und versuchte, den Hund so gut wie möglich mit einem Handtuch trocken zu rubbeln. Tulpe zitterte so sehr, dass sogar der Geschirrschrank neben ihm vibrierte. Die Gläser darin klingelten. Dann schürte der Alte den Kaminofen in der Ecke an und setzte heißes Wasser für Tee auf. Tulpe wollte keinen Tee. Lieber war ihm ein Teller heißer Gulaschsuppe. Er hatte eine Menge von Dosen und Fertigsuppen unter den Vorräten in der Speisekammer entdeckt. So eine würde ihm jetzt schmecken, meinte er voller Überzeugung.

Kallemann machte ohne Zögern eine Gulaschsuppe warm. Nicht nur weil er sich selbst einen Teller davon genehmigte, sondern weil er den Hund bei Laune halten wollte. Besser, dieser käme gar nicht erst auf den Gedanken, ihn nach den Kindern der Familie Müllerschön zu fragen.

Zufrieden saßen sich die beiden am leicht wackeligen Holztisch gegenüber und genossen ihre Suppe. Die beiden schmatzten und schlürften gemeinsam. Jeder hing seinen eigenen Gedanken nach. Kallemann dachte an seinen

Ausflug, an seine Frau Ellen. Dabei wollte er gar nicht an sie denken, denn das Herz wurde ihm schwer dabei. Aber er konnte vor seinen eigenen Gedanken nicht davonlaufen. Tulpe wiederum dachte an seinen Ausflug und an all die köstlichen Nussecken, die er dieses Mal nicht hatte ergattern können. Er wollte nicht daran denken, aber allein schon der Duft von frisch gebackenen Backwaren drang immer wieder in sein Hundehirn. Er versuchte, sich abzulenken, indem er an das nette Mädchen dachte. Er war sich sicher, dass sie sich bald wiedersehen würden.

Nach dem Essen wurde der Fernseher eingeschaltet. Kallemann machte es sich auf dem durchgesessenen Sofa bequem. Für Tulpe war klar, dass er mit auf das Sofa durfte. Er blieb nicht auf dem harten Holzboden, und so lümmelte er sich zwischen zwei Kissen. Der Alte wollte ein Fußballspiel sehen. Heute gab es ein wichtiges Pokalspiel. Tulpe war es recht. Zwar interessierte er sich nicht so wirklich für Fußball, aber andererseits, dass Menschen freiwillig hinter einem Ball herrannten, hatte für ihn auch etwas Komisches. Sonst mussten immer Hunde das tun, zur Freude ihrer Besitzer. Immer einem Ball hinterher oder Stöckchen holen. Tulpe hatte sich schon seit jeher gefragt, wer sich wohl einst diesen Unsinn ausgedacht hatte.

Weil es mit der Wärme aus dem Ofen und dem flackernden Licht einer Kerze etwas Gemütliches hatte, stellte Kallemann auch eine Schale mit Popcorn zwischen sie beide. Er hielt Tulpe welches hin. Dieser probierte es voller Vorfreude. Aber mit dem ersten Bissen entglitten ihm die Gesichtszüge.

»Igitt, das ist ja salzig«, regte er sich auf.

Kallemann nahm eine Handvoll Popcorn und ließ es sich schmecken.

»Salziges ist das beste«, schmatzte er mit vollem Mund.

»Das kann nur einer sagen, der überhaupt keine Ahnung von Popcorn hat«, ereiferte sich Tulpe.

»Ich habe als Kind schon Popcorn geliebt. Ich kenne mich aus«, gab Kallemann Kontra. »Schön, wenn du nichts davon magst, bleibt mehr für mich.«

»Süßes ist das einzig Wahre. Also her damit. Ab in die Speisekammer.«

»Es gibt aber nur dieses hier«, gab der Alte mit einem Seitenblick zurück.

»Was ist denn das für ein Haushalt? Kein süßes Popcorn?!«, regte sich der Hund auf.

»Du kannst ja selbst nachschauen, wenn du mir nicht glaubst. Da hinten ist die Speisekammer.«

»Das weiß ich.«

»Klar, nach der suchst du wahrscheinlich immer zuerst, wenn du irgendwohin kommst.«

»Apropos Speisekammer. Da sind wir ja beim richtigen Thema.«

»Wie Thema?«, fragte Kallemann mit vollem Mund.

»Ich rede von der Einkaufsliste«, sagte Tulpe. »Bitte notieren. Für mich gehören neben süßem Popcorn auch noch ein Dutzend Nussecken drauf. Außerdem selbstverständlich Wiener Würstchen und natürlich Markknochen.«

»Sonst noch was?«, fragte Kallemann, wobei ihm ein paar Brösel aus den Mundwinkeln entglitten.

»Erst mal nicht«, meinte Tulpe und fraß noch ein bisschen Popcorn.

»Ach, schmeckt es etwa doch?«, konnte sich Kallemann einen Kommentar nicht verkneifen.

»Geht so«, meinte der Hund. Essen kann man es, aber das süße ist besser, dachte er sich.

So verfolgten sie schweigend das Spiel. Hin und wieder regte sich Kallemann über einen Spieler oder eine bestimmte Aktion auf dem Feld auf. Am meisten regte er sich natürlich über den Schiedsrichter auf. »Diese blinde, blöde Dreckspfeife.« Tulpe wusste, dass er den Alten eigentlich bei jedem Fluchen ermahnen sollte. Aber man kann es als Gewissen auch übertreiben, dachte er sich. Jetzt war Feierabend. Außerdem hatte er meist den Mund voll mit Popcorn. Salziges hatte auch etwas. Das stimmte irgendwie. Auch wenn er das Kallemann gegenüber natürlich so nie zugeben würde.

Kallemann wiederum beschlich ein seltsames Gefühl. Auch wenn sich dieser nervende, aufdringliche, vom nassen Regen stinkende Köter ungewollt in sein Leben gedrängt hatte, so hatte die Sache auch etwas Schönes. Seit ewigen Zeiten war er mal abends nicht alleine vor dem Fernseher. Sie saßen zu zweit auf dem Sofa und schauten zusammen ein Fußballspiel. Das hatte etwas. Natürlich würde er das nie laut zu Tulpe sagen. Keinesfalls.

Als das Spiel zur Pause gepfiffen wurde, setzte sich der Hund auf und sprach Kallemann direkt an.

»Du hast mir noch gar nicht davon berichtet«, sagte er mit bewusst tiefer Stimme.

Kallemann zuckte zusammen. Er ahnte, was da auf ihn zukommen könnte.

»Ich weiß nicht, wovon du redest«, gab er sich ahnungslos. »Ich habe dir nichts weiter zu berichten. Ich habe noch etwas aufgeräumt, aber das war es dann auch schon.«

»Lüg mich nicht an«, legte Tulpe nach. »Du weißt genau, wonach ich dich frage. Wie war dein Besuch bei der Familie Müllerschön?«

»Ach so, die. Sag es doch gleich.«

Kallemann suchte krampfhaft nach einem Ausweg.

»Willst du vielleicht noch ein Eis? Ich hätte Vanille oder Schoko.«

Tulpe sah sein Gegenüber mit großen Augen an und fuhr sich mit der Zunge über die Lippe.

»Hm, das klingt verlockend.«

Kallemann war erleichtert. »Also was für eins?«

»Ich nehme beide. Vielen Dank, mein lieber Kallemann. Aber zuerst erzählst du mir von deinem Besuch bei den Müllerschöns.«

Dieser kleine Umweg hatte nicht geklappt. Kallemann überlegte fieberhaft, was er sagen sollte.

»Die waren nicht da«, log er.

Tulpe knurrte. »Du warst gar nicht da. Gib es zu!«

In Kallemanns Kopf ratterte es. »Ich hatte keine Zeit. Aber ich mache es schon noch«, sagte er kleinlaut.

»Jetzt hör mir mal gut zu«, sagte Tulpe.

Kallemann fiel ihm ins Wort. »Jetzt geh mir nicht auf die Nerven. Du bist lästig. Wie kann jemand nur so lästig sein?!«

»Ich bin dein Gewissen. Ich muss lästig sein. So ist es im Leben. Vergiss nicht, ich gebe erst Ruhe, wenn du ein anständiger Mensch geworden bist. Also reiß dich zusammen, sonst klappt das nie mit uns beiden.«

18

Am nächsten Morgen war die Sonne schon lange aufgegangen, als Kallemann in seinem Bett und Tulpe auf dem Sofa langsam nach und nach aufwachten. Sie hatten beide einen tiefen und festen Schlaf gehabt. Dabei war es fast ein Wunder gewesen, dass sie sich nicht gegenseitig aufgeweckt hatten. Beide neigten zu sehr lautem Schnarchen. Aber sie hatten auch beide das Talent, die Schnarchgeräusche jeweils in ihre Träume einzubauen. So hatte Kallemann davon geträumt, mit einem Kutter über einen Fluss zu schippern. Der knatternde Dieselmotor war sehr laut gewesen. Und wenn er doch mal von seinem eigenen Schnarchen wach geworden war, dann in dem Augenblick, in dem der Bootsführer aus Versehen den Motor abgewürgt hatte. Tulpe wiederum hatte im Traum eine Runde in einem kleinen Sportflugzeug gedreht. Er hatte großen Spaß daran gehabt, die Welt von oben zu betrachten. Seine Schnarchgeräusche waren heller als die des Alten gewesen, aber dafür noch durchdringender.

Kallemann war noch im Schlafanzug, als er die Tür nach draußen öffnete, um frische Luft hereinzulassen. Er hielt die Hand vors Gesicht, weil die Sonnenstrahlen ihn blendeten. Immer wieder diese Sonne. Ein kurzer Blick durch die geöffnete Haustür zurück zu Tulpe, der noch immer nicht ganz wach war. Dieser lag auf dem Sofa auf dem Rücken und streckte alle viere nach oben von sich. In seinem Traum setzte der Flieger vielleicht gerade zur Landung an. Oder er drehte einen Looping. Denn natürlich war Tulpe nicht nur ein einfacher Pilot, sondern Kunstpilot.

Plötzlich wurde Kallemann von einem lauten, schneidenden Geräusch aus seinen morgendlichen Gedanken gerissen. Es war das penetrante Geräusch einer Motorsäge und kam von dem Nachbargrundstück, das direkt an das seinige grenzte. Der Alte wunderte sich. Denn diese Parzelle war seit Monaten unbewohnt, seit der damalige Besitzer überraschend gestorben war. Sollte etwa die Parzelle wieder vermietet worden sein? Und das ohne seinen Rat und seine Zustimmung?! Diese Drecksidioten vom Vereinsvorstand haben das einfach ohne mich gemacht, dachte er sich und war froh, dass er es nicht laut ausgesprochen hatte. Das hätte sofort wieder eine Ermahnung von Tulpe gegeben, der inzwischen neben ihm auf der Türschwelle erschienen war. Er gähnte lange und ausgiebig. Tulpe liebte es im Gegensatz zu den meisten anderen Hunden, lange auszuschlafen. Morgens schnell raus, um den ersten Baum zu suchen, das war nicht seine Sache. Er rieb sich mit der Pfote über die Schnauze. »Was ist denn das für ein Lärm?«, fragte er mit einem Seitenblick zu Kallemann.

»Das werden wir gleich wissen«, sagte dieser und stapfte energisch Richtung Gartenzaun. Gerade als er die ersten

Meter gegangen war, flog plötzlich vom Nachbargrundstück ein Ast zu ihm herüber, und das Holzteil verfehlte ihn nur ganz knapp. Er war außer sich, nahm den Ast hoch und warf ihn wieder nach nebenan zurück.

»Geht's noch?«, rief er zornig.

Wieder flog ein Ast, und kurz darauf noch ein weiterer. Kallemann sammelte das Holz auf und warf es mit aller Kraft zurück.

»Sind Sie wahnsinnig geworden?«, schrie er.

Das beißende Geräusch der Kettensäge erlosch. Kurz darauf erschien zuerst ein hagerer Frauenkopf am Gartenzaun. Dann zeigte sie sich ganz. Sie war etwa gleich alt wie Kallemann, aber um einiges schlanker als er. Sie hatte eine dunkelgrüne Latzhose an, so eine, wie auch Kallemann sie besaß. Auf dem Kopf trug sie einen leicht zerfransten Strohhut, in der rechten Hand hielt sie die inzwischen abgeschaltete Kettensäge.

Kallemann regte sich mächtig auf. »Sind Sie wahnsinnig geworden? Sie hätten mich umbringen können. Einfach so mit Holz um sich werfen. Ja, wo sind wir denn hier. Was machen Sie überhaupt auf diesem Grundstück?«

Sie legte die Kettensäge zur Seite und stemmte die Arme in die Hüfte. »Guten Morgen. Wenn ich mich erst mal vorstellen darf, mein Name ist Liselotte Blumenthal. Und Sie müssen der berüchtigte Stinkstiefel Kallemann sein, von dem ich schon einiges gehört habe. Jetzt passen Sie mal auf. Ich kann auf meinem Grundstück machen, was ich will. Ich habe diese Parzelle seit diesem Monat gemietet. Und zweitens schicke ich Ihnen nur das zurück, was Ihnen gehört. Das sind die Äste Ihres Apfelbaums, die auf mein Grundstück ragen. Ich habe jedes Recht, sie abzusägen!«

»Wagen Sie es nicht, dieses Drecksding noch einmal einzuschalten«, schrie Kallemann.

»Passen Sie mal auf, Sie dickes, aufgeblasenes Sandmännchen. Versuchen Sie etwa, mir zu drohen? Verziehen Sie sich besser zurück in Ihre Bruchbude.«

»Mein Häuschen ist keine Bruchbude. Frau … Vogelscheuche.«

Die Alte schnitt eine Grimasse und drohte Kallemann mit ihrer kleinen Faust. Sie schaltete die Kettensäge wieder an und fuchtelte damit in der Luft herum. Kallemanns Haare, die wenigen, die er noch hatte, stellten sich senkrecht auf. Was folgte, war ein lautes Streitgespräch, bei dem die beiden sich über den Zaun hinweg anbrüllten. Keiner konnte den anderen verstehen, denn der Lärm der knatternden Säge überdröhnte alles.

Tulpe hatte das Schauspiel zunächst von der Veranda aus in gehörigem Abstand beobachtet. Schließlich hatte er sich lieber nach drinnen verzogen. Erstens war es für einen Hund schwierig, sich mit den Pfoten die beiden Ohren zuzuhalten. Außerdem hatte er gleich nach dem Aufstehen ganz hinten in der Speisekammer einen Becher Schokomousse entdeckt. Diese Mousse genehmigte er sich nun zum Frühstück. Gerade als er den letzten Rest aus dem Becher geschleckt hatte, hörte draußen der Lärm der Kettensäge auf. Es kehrte wieder Ruhe ein. Vorsichtig schlich

Tulpe zur Tür und öffnete sie mit der Schnauze einen Spalt. Er blieb auf der Schwelle stehen und lugte in den Garten. Kallemann und seine neue Nachbarin standen sich am Gartenzaun unversöhnlich gegenüber. Die beiden waren inzwischen zum Du übergegangen. So konnte man sich leichter beschimpfen.

»Mistige Schreckschraube.«

»Schmieriger Fettwanst.«

»Ich komme gleich rüber, du alte Dummfunsel, und dann harke ich dir die Haare von deinen Zähnen.«

»Ich warte. Dann mache ich Tatar aus dir!«

Tulpe war fassungslos. Wie konnten zwei erwachsene Menschen nur so kindisch übereinander herfallen. Es klang fast so, als hätten sich da zwei gefunden. Die beiden Streithähne wiederum nahmen von ihm überhaupt keine Notiz. Die Sache eskalierte noch mehr, als sie sich zum Schluss gegenseitig mit einem Wasserschlauch nass spritzten. Tulpe ließ sich auf dem Schaukelstuhl nieder, der ein bisschen hin und her wippte. Der Hund sah den beiden beim Streiten zu. Dabei dachte er an Nussecken und an Lina.

Nach einer Viertelstunde kehrte am Nachbarzaun überraschend Ruhe ein. Aber wahrscheinlich nur, weil beide von der Auseinandersetzung völlig erschöpft waren. Kallemanns nasser Schlafanzug klebte an ihm wie ein Neoprenanzug nach einem Tauchgang. Wie ein begossener Pudel stand er vor Tulpe. Der alte Mann tropfte.

»Ich dachte, die Regendusche gestern hätte dir gereicht«, meinte der Hund süffisant.

Kallemann warf noch mal einen bitterbösen Blick Richtung Nachbargrundstück.

»Hast du das gehört? Diese … diese … Frau … dieses elendige Stück …«

Tulpe unterbrach ihn. »Stopp. So eine Ausdrucksweise will ich von dir nicht hören.«

»Ach, das willst du nicht hören. Aber dass sie über mich hergefallen ist und wie sie mich beleidigt hat, das hast du hoffentlich gehört. Warum hast du da nicht eingegriffen? Ich denke, du bist für anständiges Benehmen. Ha?«

Tulpe ließ sich nicht aus der Ruhe bringen.

»Ich habe vor allem deine Worte gehört wie ›mistige Schreckschraube‹ oder ›Dummfunsel‹.«

»Das ist ja wohl die Höhe. Sie darf über mich herfallen. Einfach so. Und du tust nichts. Gar nichts!«

»Lass mich nachdenken. Ach ja, stimmt, da war noch was. Vogelscheuche hast du sie auch noch genannt.«

»Wie kann ein einzelner Hund nur so ungerecht sein«, ereiferte sich der Alte.

»Kallemann, ich bin dein Gewissen. Ich bin hier, um aus dir einen besseren Menschen zu machen. Einen Menschen, der sich zu benehmen weiß. Einen Menschen, der nicht flucht. Einen hilfsbereiten Menschen.«

Kallemann war fassungslos. Er fühlte sich wirklich ungerecht behandelt. Ohne ein weiteres Wort stapfte er nach drinnen und klaubte aus einer Truhe trockene Klamotten. Als er sich umgezogen hatte, ging es ihm schon etwas besser, auch wenn der Ärger immer noch in ihm kochte.

Tulpe erschien von draußen kommend im Türrahmen.

»Ich habe einen Vorschlag«, sagte er.

»Ha! Du bist also doch auf meiner Seite. Wir gehen zusammen rüber und machen der blöden Hexe mal klar, wer hier die älteren Rechte hat.«

»Irrtum. Was hältst du davon? Du gehst hinüber und entschuldigst dich.«

»Wie bitte? Ich glaube, ich habe einen Hörsturz.«

Kallemann glitt der Kiefer nach unten. Fassungslos starrte er den Hund an, und seine Lippen vibrierten vor Zorn. Er wollte noch etwas nachlegen, aber Tulpe kam ihm zuvor.

»Überlege dir genau, was du sagst.«

»Du bist ein dermaßen ungerechtes Gewissen.«

»Es steht dir nicht zu, mich zu beurteilen.«

»Wie auch immer. Ich will, dass du wieder abhaust. Und zwar sofort. Mein Leben war schöner, bevor du hier aufgetaucht bist. Ich brauche niemanden, der mir ständig sagt, was ich zu tun und zu lassen habe. Hau ab.«

»Ich kann nicht einfach abhauen. Das weißt du.«

Kallemann schwieg darauf. Auch Tulpe ließ ein paar weitere Sekunden verstreichen, bevor er noch etwas sagte.

»Gestern Abend war es wirklich nett gewesen mit uns beiden, oder?«

Er sah Kallemann mit großen Augen an. Der Alte wich dem Blick aus. Für solche Augenblicke war er nicht geschaffen.

»Gestern war gestern«, sagte er trocken und schluckte.

Der Abend zuvor war wirklich schön gewesen. Es war angenehm, dass er mal nicht alleine zu Hause war. Doch er wollte keinen Hauch von Sentimentalität zeigen. Entschlossen stapfte er Richtung Speisekammer.

»Ich brauche erst einmal etwas zum Frühstück. Ich habe heute noch gar nichts gegessen.«

Suchend blickte er sich im hintersten Winkel um.

»Da war doch noch so eine Schokomousse. Da hinten stand der Becher …«, meinte er fragend zu Tulpe.

Dieser blieb ganz cool. »Stimmt. Da war eine Mousse. Sie war da, jetzt ist sie nicht mehr da. Sie ist jetzt hier.«

Er deutete mit der Schnauze auf seinen Bauch.

»Deswegen nicht vergessen: Schokomousse muss auch auf die Einkaufsliste. Nimm gleich einen Sechser-Pack. Das ist auch günstiger.«

Kallemann blickte sich weiter in der Speisekammer um.

»Und was soll ich jetzt frühstücken?«

»Vielleicht ist das ein kleiner Hinweis, mal abzunehmen«, sagte Tulpe und grinste.

Kallemann schüttelte den Kopf. Er hatte gar keine Lust auf so eine Unterhaltung.

»Iss Obst. Obst ist gesund«, gab Tulpe keine Ruhe.

Doch Kallemann versuchte, ihn nicht weiter zu beachten.

In dem Moment hörte man von draußen eine helle Frauenstimme, die leise, aber verständlich rief: »Herr Kallemann, sind Sie da? Hallo?!«

Kallemann drehte sich zu Tulpe. Er ging zunächst nicht auf die Frauenstimme ein.

»Obst macht nur Pickel. Das ist einfach nicht gesund«, sagte er bestimmt.

Tulpe verdrehte die Augen.

»Du solltest mehr nachdenken, was du den ganzen Tag über so in dich reinstopfst. Iss mit Hirn und Bedacht.«

»Das sagt der Richtige.«

Von draußen hörte man wieder die Frauenstimme: »Hallo?!«

19

Frau Neumair stand, auf ihren Rollator gestützt, an Kallemanns Gartentor. Als dieser mit Tulpe herauskam, winkte sie ihm zögerlich zu. So ganz mochte sie dem neuen Frieden mit dem alten Griesgram nicht trauen.

»Guten Tag, Herr Kallemann. Geht es Ihnen gut?«, fragte sie mit skeptischer Miene.

»Ja«, sagte dieser kurz und knapp. Und ein kurzes »Hallo« brachte er auch noch heraus.

In ihrem Rollator transportierte Frau Neumair verschiedene Blumen und Kräuter. Sie wollte sie auf ihrer Parzelle einpflanzen. Sie beäugte den Alten weiterhin mit einem gewissen Misstrauen.

»Ich weiß nicht … meinen Sie … können Sie mir helfen?«, fragte sie und deutete auf die Pflanzen.

Kallemann blickte kurz zu Tulpe. Der nickte, wobei seine Ohren mitwippten.

»Aber natürlich. Das mache ich gerne«, sagte er. Bei diesen Worten war er selbst stolz auf sich.

Zu dritt spazierten sie zu der Parzelle der alten Dame. Tulpe scharwenzelte dabei immer um Frau Neumairs Beine herum. Er fand sie ganz sympathisch, und zudem hatten ältere Damen oft etwas Leckeres dabei. Zum Beispiel in ihrer Handtasche. Das sagte ihm seine Erfahrung.

»Seit wann haben Sie denn einen Hund, Herr Kallemann?«, fragte Frau Neumair mit einem wohlwollenden Blick zu Tulpe. Dieser wedelte mit dem Schwanz und neigte den Kopf zur Seite. Seine Augen wurden glänzend, strahlend und bettelnd.

Kallemann lächelte. »Er ist mir zugelaufen. Er weicht mir nicht mehr von der Seite.«

»Er ist aber auch wirklich süß«, meinte Neumair, die nach und nach etwas auftaute. Sie streichelte Tulpe mit einer Hand über das Fell.

Dieser war sehr angetan. Die alte Dame hatte ganz offenbar einen wahren Blick für Hunde.

»Diese strahlend blauen Augen. Die glänzen ja wie ein herrlicher Bergsee«, fuhr sie fort.

Tulpe lief es zugleich kalt und heiß den Fellrücken hinunter. Von solch wunderbaren Komplimenten konnte er nie genug bekommen.

»Ist es denn ein Weibchen oder ein Männchen?«

Tulpe blieb abrupt stehen. Hallo!, dachte er sich. Hat denn diese Alte keine Augen unter der Perücke? Das war doch wohl klar, dass er ein stolzer Rüde war. Kallemann wiederum konnte sich bei der Frage von Frau Neumair ein kleines Grinsen nicht verkneifen.

»Jaja, so etwas sieht man manchmal nicht auf den ersten Blick«, meinte er süffisant. »Es ist ein Männchen. Aber er ist auch sehr zickig.«

Tulpe warf dem Alten einen ermahnenden Blick zu. Jetzt bloß keine Frechheiten, dachte er sich. Die drei zogen auf ihrem Weg weiter durch den Schrebergarten. Nicht wenige der anderen Menschen, denen sie dabei begegneten, waren sichtlich überrascht. Es wurde hier und da auch leise getuschelt. War das etwa wirklich der alte Kallemann, das Ekel?

Während Kallemann nach den genauen Anweisungen von Frau Neumair die Pflanzen der Reihe nach in die Beete pflanzte, machte es sich Tulpe auf dem Rasen neben Neumairs Klappstuhl bequem. Sein Kopf lag direkt neben der Handtasche. Auch wenn diese geschlossen war, konnte er einen süßlichen Duft erahnen, der aus der Tasche strömte. Als hätte sie es geahnt, öffnete Neumair nach einiger Zeit ihre Tasche, griff beherzt hinein und holte ein Aprikosencroissant heraus. Ganz frisch vom Bäcker. Sie blickte zu dem Hund.

»Tut mir leid, mein Kleiner, aber ich habe keinen Knochen dabei. Nur dieses süße Stück hier. Aber so etwas schmeckt dir sicher nicht.«

Tulpe hätte losschreien und losheulen können. »Gib her das Ding. Was weißt du schon, was mir schmeckt und was nicht.«

Aber er konnte sich nicht verständlich machen. Es blieb ihm nichts anderes übrig, als Frau Neumair zuzuschauen, wie diese genüsslich, Bissen für Bissen, das Croissant verspeiste. Tulpe war ganz verrückt nach Aprikosencroissants. Er war kurz davor, seinen Verstand zu verlieren. Er starrte sie durchdringend an. Sie wiederum genoss das süße Teilchen sichtlich und sagte hin und wieder auch noch »Mmmh« oder »So was Gutes«. Tulpe hätte heulen können. Er sabberte, auch wenn er das zu verhindern versuchte. Aber der Appetit war einfach zu groß. In der Hoffnung auf ein herunterfallendes Brösel ließ er die alte Dame beim Essen nicht aus den Augen. Aber die Hoffnung erfüllte sich nicht. Nach dem Vertilgen des letzten Stückchens vom Croissant wischte sie sich mit zufriedener Miene den Mund ab und lächelte. »So. Das war wirklich lecker.«

Tulpes Laune war im Keller, zweites Untergeschoss.

Nach Kallemanns getaner Arbeit gab Frau Neumair ihm zum Dank noch ein großzügiges Trinkgeld. Der Alte wollte es zuerst gar nicht annehmen. Andererseits hatte er momentan ja zwei Münder zu füllen. Wenn er an Tulpes Einkaufsliste dachte, konnte er einen kleinen Zuschuss schon gebrauchen. Also warum nicht? Schließlich verabschiedeten sich Kallemann und Tulpe von Frau Neumair, und etliche Freundlichkeiten wurden getauscht. Kallemann war ein bisschen über sich selbst erstaunt. Es fiel ihm leicht. Freundlich zu sein war gar nicht so schwer. Ganz abgesehen von dem Trinkgeld.

Mit einem letzten Winken verließen Kallemann und Tulpe die Parzelle der alten Dame und bogen auf den Hauptweg ein, der durch die Schrebergartensiedlung führte. Die Stimmung des Vierbeiners hatte sich noch nicht gebessert, wie Kallemann schnell erfahren musste. Zuerst einmal versuchte er allerdings, ein bisschen Lob einzuheimsen. Lob für seinen Einsatz in Neumairs Garten.

»Na, was meinst du? Ich war wirklich gut, oder?«, flötete er zu dem neben ihm trottenden Hund.

»Kann sein. Ich habe nicht so darauf geachtet«, gab sich dieser teilnahmslos.

»Wie bitte? Ich dachte, du willst mein Gewissen sein. Dann musst du auch mein gutes Gewissen sein.«

»Du hast mir hier gar keine Empfehlung zu geben, was ich muss und was nicht.«

Kallemann blieb abrupt stehen und hob genervt beide Arme gen Himmel.

»Du bist ja nur sauer, weil sie dir nichts von ihrem Aprikosencroissant abgegeben hat.«

»Gequirlte Marmelade«, maulte Tulpe.

»Ach so. Dann ist es dir auch egal, dass sie mir vorhin beim Abschied noch eins zugesteckt hat. Als Dank für meine Mühen.«

Dem Hund stellten sich die Nackenhaare auf.

»Wirklich?«

Kallemann lachte.

»Nein, natürlich nicht. Aber erwischt habe ich dich, du kleines Leckermäulchen.«

Tulpe verzog keine Miene. Beide wussten, dass er recht hatte. Doch Kallemann wusste andererseits auch, dass er es nicht weiter übertreiben durfte. Ein bisschen Spaß durfte sein, aber gerade so viel, dass er Tulpe nicht verärgerte.

20

Kurz bevor sie Kallemanns Häuschen erreichten, trafen sie zufällig auf Lina und Meike. Alle vier waren verdutzt und standen sich zunächst wortlos gegenüber. Nur Lina reagierte spontan und beugte sich zu dem Hund hinunter. Sie streichelte ihm über das Fell.

»Hallo, da bist du ja wieder.«

»Ist das Ihr Hund?«, fragte sie und schaute zu Kallemann hoch.

»Irgendwie schon«, grummelte der Alte.

»Na siehst du, ich habe dir gleich gesagt, dass der Hund jemandem gehört. Und jetzt müssen wir weiter«, sagte Meike zu ihrer Tochter kurz und knapp, ohne Kallemann weiter zu beachten.

»Nicht so schnell, Mama«, hielt Lina sie auf.

»Ich habe aber keine Lust, mich mit diesem Herrn hier zu unterhalten. Er wird mir zu schnell ausfällig.«

»Was soll denn das heißen? Habe ich vielleicht letztes Mal zu streiten angefangen?«, wehrte sich Kallemann energisch.

»Aber natürlich, Sie alter … Stinkstiefel.«

Lina umarmte stattdessen den Hund. Sie hatte keine Lust auf Streitereien. Tulpe legte seinen Kopf in ihre

Hände. Sie rochen aber auch zu gut. Nach einer süßlichen Handcreme, dachte er sich.

»Wenn wir uns schon sehen, noch etwas«, meinte Meike spitz gegenüber Kallemann. »Wenn ich mich nicht irre, dann sind Sie gestern hier im Schrebergarten Rad gefahren.«

»Das geht Sie gar nichts an. Spionieren Sie mir vielleicht hinterher?«

»So weit kommt es noch. Ich habe sicher Besseres zu tun, als Ihnen hinterherzuspionieren.«

Lina drehte sich zu ihrer Mutter um und sprach sie von unten an. Tulpe lag inzwischen halb auf ihrem Schoß.

»Jetzt gib doch Ruhe, Mama. Du siehst doch, dass der Herr hier sich entschuldigen will.«

»Der Herr?!«, entfuhr es Meike.

»Wie bitte?«, entfuhr es Kallemann.

Das Mädchen lächelte nur und wandte sich an ihn.

»Das sehe ich doch an Ihrer Nasenspitze.«

Kallemann fasste sich unwillkürlich an seine Nase.

»Sie sind ein guter Mensch«, sagte Lina zu dem Alten. »Weil jemand, der so einen Hund hat, der muss ein guter Mensch sein.«

Tulpe hätte losprusten können ob Kallemanns Gesichtsausdruck. Der Alte war etwas verunsichert ob Linas Freundlichkeit.

»Also … es ist wirklich so …«

Er blickte zu Tulpe. Also wenn er sich schon entschuldigte, dann sollte der Hund das auch bewusst mitbekommen und würdigen.

»Also gut. Ich glaube, ich habe mich letztes Mal etwas im Ton vergriffen. Ich wollte das so nicht sagen«, stammelte er.

Meike musterte ihn. Sie wusste nicht, ob sie ihm glauben konnte.

»Es tut mir leid«, ergänzte Kallemann mit ernstem Gesichtsausdruck.

»Siehst du, Mama.«

»Ich hoffe, Sie können meine Entschuldigung annehmen«, fuhr er fort, mit einem Seitenblick zu Tulpe.

Der war von Kallemanns Worten überrascht. So eine direkte Entschuldigung hatte er ihm nicht zugetraut. Es schien ganz allgemein Anzeichen von Besserung im Leben des Alten zu geben. Erst die Geschichte mit Frau Neumair und jetzt das.

»Also wie gesagt – entschuldigen Sie bitte mein Verhalten beim letzten Mal.«

Meike blickte zu Lina und zuckte mit den Achseln.

»Na gut. Ich war vielleicht auch nicht sehr freundlich«, meinte sie mit einem Lächeln auf den Lippen.

»Sind Sie denn häufiger hier in der Gegend?«, fragte Kallemann.

»Wir sind gerade erst hierhergezogen«, mischte sich Lina ein.

»Ja, wir wohnen auf der anderen Seite des Schrebergartens«, ergänzte Meike und zeigte in die Richtung, in der ihre Wohnung lag.

»Herzlich willkommen. Wenn Sie einmal Hilfe brauchen, dann zögern Sie nicht, mich zu fragen.«

Tulpe riss es fast von den Pfoten. War das noch der alte Kallemann?

Lina knuddelte Tulpe und kraulte ihn hinter den Ohren. Sie hatte schnell festgestellt, dass er das ganz besonders gernhatte.

»Wie heißt er denn überhaupt? Er ist wirklich so süß.«

Kallemann zögerte einen Augenblick.

»Er heißt Tulpe.«

»Tulpe?«, wiederholte Lina fragend.

Der Hund stellte sofort die Ohren auf. Jetzt bloß kein falsches Wort, Fräulein, dachte er sich.

»Das ist aber ein schöner Name.«

Tulpe lächelte innerlich.

»Darf ich mit ihm mal spazieren gehen? Bitte.«

Spazieren gehen mit Lina? Tulpe sah Berge von Süßigkeiten vor sich und wedelte mit dem Schwanz. Aber klar doch, dachte er sich. Ich weiß auch schon, wohin.

Kallemann rieb sich das Kinn.

»Ich weiß nicht … vielleicht.«

Da klingelte plötzlich Meikes Handy. Sie warf einen Blick auf das Display.

»Entschuldigung«, sagte sie zu Kallemann und nahm das Gespräch an.

»Hallo, Angela, alles okay bei dir?« Sie lauschte ins Handy. Dabei wurde ihre Miene nach und nach immer sorgenvoller.

»Bitte was? Was ist passiert?«

21

Meikes Schwester Angela hatte einen Rückfall mit ihrem schmerzenden Rücken. Sie konnte nur noch sehr schlecht aufrecht gehen und zog bei jedem Schritt das Bein nach. Die Schmerzen waren einfach zu stark. Sie war ins Krankenhaus eingeliefert worden, und dort hatte man sie mit Tabletten und einer Spritze versorgt. Langsam ging es ihr besser. Meike und Lina waren sofort nach dem Anruf zu ihr gefahren und hatten ihr Sachen wie ein frisches Nachthemd, Hausschuhe und eine Zahnbürste mitgebracht. So wie es aussah, würde Angela auf jeden Fall ein paar Tage im Krankenhaus bleiben müssen. Die Ärzte hatten Angst, dass sie noch einen Rückfall erleiden könnte, wenn sie sich nicht schonte. Angela war verzweifelt. Sie wollte am liebsten sofort das Krankenhaus wieder verlassen, aber schon der Gang auf die Toilette war ein schmerzhafter Akt, selbst wenn sie sich bei jemandem wie Meike aufstützen konnte. Was sollte aus ihrem Café werden? Die beiden Kellnerinnen konnten sie vertreten, aber nicht für längere Zeit. Das war allen klar. Das konnte keine Lösung sein. Als sich Meike und Lina nach ein paar Stunden verabschiedeten, hatte Angela Tränen in den Augen. Sie hatte keine Idee, wie es weitergehen sollte.

22

Kallemann und Tulpe begannen, es sich in dem kleinen Häuschen gemeinsam einzurichten. Kallemann hatte begriffen, dass der Hund nicht so schnell von seiner Seite weichen würde. Mensch und Hund gründeten eine Wohngemeinschaft auf Zeit. Tulpe erwartete regelmäßiges Fressen, ein aufgeräumtes Häuschen, zuvorkommendes Benehmen und vieles mehr. Kallemann könnte als fleißiger Hausmann gleich zeigen, was für ein netter Charakter wirklich in ihm steckte. Tulpe wollte dafür dessen Bemühungen hin und wieder mit kleinen lobenden Bemerkungen honorieren. Kallemann wollte sich vehement gegen zu viele Vorgaben und Kontrollen wehren. Aber er konnte es drehen und wenden, wie er wollte. Tulpe war zwar nur ein Hund, aber als sein Gewissen eben auch irgendwie das Herrchen im Haus. Der Alte hatte stets das kürzere Streichholz in der Hand.

Was das Kochen betraf, war dabei Ärger vorprogrammiert. Tulpe war ein verwöhnter Fresser. Kallemann wiederum hatte das Kochen nie richtig gelernt, sondern hatte es sich erst im letzten Jahr ein bisschen selbst beigebracht. Hin und wieder versuchte er sich etwa an einem Rezept aus der

Fernsehzeitschrift. Dumm nur, dass er es bei den Mengenangaben nie so genau nahm. Aber es gab meist sowieso nur Fertigessen aus der Dose. Das war am einfachsten. Früher hatte immer Kallemanns Frau für sie beide gekocht.

Außer beim Kochen gab es zwischen den WG-Bewohnern noch andere Reibungspunkte. Wie etwa bei der Auswahl des abendlichen Fernsehprogramms oder ganz allgemein bei der Gestaltung des Tages. Schließlich gab es noch einen besonderen Punkt, der Kallemann zur Weißglut trieb. Tulpe war zu der Überzeugung gelangt, dass der Alte auch etwas für sein körperliches Erscheinungsbild und seine Fitness tun müsste. Als Kallemanns Gewissen war er auch für diese Facette des Lebens zuständig. Dieser wiederum versuchte, sich mit allerlei Notlügen aus der misslichen Lage zu befreien. Er hasste es, sich anstrengen zu müssen. Jede Form von körperlicher Betätigung war für ihn eine Art Selbstmord auf Raten. Um sich Tulpes Ansinnen zu widersetzen, täuschte er deswegen mal ein kaputtes Knie vor, dann wieder eine heftige Migräne, ein anderes Mal wiederum hatte er das Gefühl, unter extrem hohem Blutdruck zu leiden. Doch natürlich durchschaute ihn der Hund jedes Mal. Als Gewissen wusste er immer Bescheid, was stimmte und was nicht. Es war zum Verzweifeln.

Aber so kam es, dass sich Kallemann oft schon vor Sonnenaufgang zu einer morgendlichen Jogging-Runde durch den Schrebergarten aufmachte. Nur gut, dass er zu dieser frühen Stunde meist niemand anderem begegnete. Man würde ihn für verrückt erklären. Er, Kallemann, in kurzen

Hosen und mit Sportschuhen an den Füßen. Wie peinlich. Tulpe wiederum war selbst gerne Langschläfer. Es war ihm unverständlich, warum andere Hunde früh rauswollten. Seine Blase konnte einiges aushalten. Aber um Kallemann in Form zu bringen, quälte er sich hin und wieder mit ihm aus den Federn. Um selbst nicht laufen zu müssen, dirigierte er den Alten auf einen nahe gelegenen Sportplatz. Dort konnte er gemütlich in der Mitte sitzen oder liegen und Kallemanns Runden kontrollieren.

Oft waren diese Fitness-Aktionen auch kleinere Strafaktionen dafür, dass Kallemann über die Stränge geschlagen hatte. Wenn er zum Beispiel mal wieder mit seiner neuen Nachbarin Blumenthal aneinandergeraten war. Wenn sie ihn »Quälmonster« und er sie »Gemüsehobel« genannt hatte. Die beiden waren wie Katz und Hund. Dabei waren sie sich ziemlich ähnlich. Nur wollten sie das natürlich keinesfalls wahrhaben. Als Tulpe den Alten einmal darauf hinwies, war die Fassungslosigkeit geradezu in sein Gesicht gemeißelt. Dass die Schreckschraube und er auch nur eine Gemeinsamkeit haben sollten, war für ihn aus einer anderen Welt.

Doch nicht nur mit Blumenthal, sondern auch mit Tulpe selbst geriet Kallemann oft genug aneinander. Das Leben in einer Zweier-Wohngemeinschaft barg jede Menge Risiken. So eskalierte eines Abends bei einem Ausflug in den nahe gelegenen Stadtpark die Situation. Begonnen hatte alles mit dem Entschluss zu einem kleinen abendlichen Spaziergang. Tulpe war überzeugt davon, dass Kallemann sich mehr aus dem heimischen Schrebergarten herausbewegen musste. Er musste raus aus seiner Komfortzone. Nur so konnte er lernen, wie man sich allgemein als soziales Wesen benimmt. An jenem Abend hatten sie zu Hause ausgiebig gegessen. Sie hatten sich zwei große knusprige Pizzen bringen lassen. Da konnte man nie etwas falsch machen. Tulpe liebte Pizza mit allem, und zwar doppelt belegt. Das war nach seinem Geschmack. Als Nachspeise hatte es für jeden ein großes Eis mit extra Sahne und Schokostreuseln gegeben. Kallemann hatte sich danach wie ein voll aufgeblasener Luftballon auf das Bett gekugelt. Er wollte sich nicht mehr bewegen. Doch Tulpe hatte auf einem abendlichen Verdauungsspaziergang bestanden.

Dabei passierte es. Die Bewegung, das viele Essen. Tulpe hatte im Stadtpark plötzlich das starke Gefühl, sich erleichtern zu müssen. Kurzum: Er musste und wollte im Stadtpark einen Haufen machen. Und zwar mitten auf den Rasen. Kallemann hatte mit bittenden Worten auf ihn eingeredet, sich ein schönes Plätzchen unter den Büschen zu suchen. Das hatte bis dahin immer sehr gut geklappt.

»Bitte«, flehte er den Hund an, der sich schon auf der Suche nach der idealen Position mehrfach im Kreis gedreht hatte. »Du kannst doch da hinten. Da sind dicke Sträucher, und da ist es auch richtig dunkel.«

»Stör mich nicht. Ich muss jetzt und hier«, meinte Tulpe trocken und drehte sich weiter im Kreis. »Ein Hund kann nicht einfach überall. Die Stelle muss passen.«

Kallemann schaute sich panisch um und entdeckte ein paar Menschen, die aus einer gewissen Entfernung zu ihnen blickten. Sie wurden beobachtet, so war jedenfalls seine Vermutung.

»Bevor du dich weiter aufregst, könntest du lieber schon mal eine Tüte holen. Da vorne ist ein Ständer mit Hundetüten«, meinte Tulpe ruhig.

Dann ging er in die Hockstellung über.

»Das … das … tust du mir nicht an.«

»Also bitte, jeder muss mal. Selbst der König von England oder der Papst.«

»Aber die gehen schön auf ein stilles Örtchen.«

»Wer weiß? Warst du schon mal dabei?«, fragte der Hund ungerührt.

Kallemann wurde blass um die Nase. Er zögerte, doch dann eilte er los, um eine Tüte zu holen. So etwas hatte er noch nie getan. Aber was blieb ihm anderes übrig.

Kurz darauf trotteten ein sichtlich erleichterter Tulpe und ein griesgrämiger Kallemann wieder nach Hause. Der Alte hielt dabei mit spitzen Fingern bis zur nächsten Mülltonne eine hellrote Tüte in seiner Hand. Sie baumelte wie ein kleines Handtäschchen in seinen dicken Pranken. Er wandte sich grantig an den Hund neben ihm.

»Warum tue ich immer das, was du mir sagst?«, fragte er genervt.

Tulpe grinste breit.

»Weil du ein schlechtes Gewissen hast, wenn du es nicht tust«, war seine knappe Antwort.

23

Immer mehr Menschen in der Schrebergartensiedlung bekamen natürlich mit, dass Kallemann seit Kurzem einen vierbeinigen Begleiter hatte. Aber was sie vor allem verwunderte, war, dass der alte Miesepeter sein Verhalten verändert hatte. Jeder bemerkte, dass er freundlicher geworden war. Es gab keine Anrufe bei der örtlichen Polizei mehr, und auch die Beschimpfungen und Beleidigungen wurden weniger. Kallemann war so verändert, dass manche sich schon Sorgen machten. War er etwa krank? Oder hatte er vielleicht sogar seinen Verstand verloren? Der eine oder andere war fast ein bisschen erleichtert, wenn Kallemann hin und wieder sein altes Gesicht zeigte. Als Kotzbrocken. Das passierte vor allem dann, wenn er mal ohne Tulpe unterwegs war. Der wiederum bekam natürlich jedes Fehlverhalten letztendlich mit. Dann gab es erst recht Ärger für den Alten. Das konnten in der Folge schon mal zehn Liegestütze sein, wenn Kallemann zum Beispiel den Kindern der Müllerschöns den Stinkefinger gezeigt hatte.

Natürlich trafen die beiden auch Meike und Lina immer mal wieder. Die Stimmung zwischen ihnen wurde stetig besser. Es war kein Vergleich mehr zu dem Streit beim ersten Aufeinandertreffen.

Auch wenn es Mutter und Tochter in ihrem neuen Zuhause gut gefiel, war die Lage insgesamt etwas betrübt. Das Café hatte inzwischen ganz geschlossen werden müssen, weil auch eine der beiden Kellnerinnen krank geworden war. Das war sehr bitter für Angela, denn gerade der Sommer war für ein Gartenlokal, wie das Café eines war, die beste Zeit. Meike wusste, dass sie einspringen und ihre Schwester unterstützen sollte. Aber andererseits hatte sie Lina versprochen, mit ihr die Ferien zu verbringen. So war sie hin- und hergerissen und hatte gleich ein doppelt schlechtes Gewissen. Was sie auch machen würde, es wäre verkehrt. Lina bemerkte, was in ihrer Mutter vorging. Sie hatte eine Idee für eine Lösung des Problems. Aber das Ganze müsste sie gut einfädeln.

Als Meike mal wieder kurz alleine bei Angela im Krankenhaus war, nutzte Lina die Gelegenheit, um Kallemann in seinem Schrebergartenhäuschen aufzusuchen. Da Tulpe gerade ein paar Runden durch die Gegend drehte, waren der Alte und das Mädchen allein. Während er sich um seine Blumen kümmerte und an den Pflanzen zupfte sowie etwas Unkraut jätete, schlich sie leicht nervös um ihn herum. Sie war zwar gekommen, um mit ihm über das Problem ihrer Mutter zu reden, aber insgeheim lag ihr noch etwas anderes auf der Seele. Es ging ihr dabei um Tulpe.

»Wie lange haben Sie denn Tulpe schon?«, fragte sie Kallemann zögerlich, der auf der Erde kniete, einen kleinen Spaten in der Hand. Er schaute vom Beet auf, zögerte einen Moment.

»Er ist mir erst vor Kurzem zugelaufen.«

»Ach noch gar nicht so lange?«

»Warum fragst du?«, meinte Kallemann neugierig geworden.

»Es ist nur so, dass … also ich finde, dass …« Lina kam ins Stocken. »Nein, ich weiß nicht, was ich finde … und es ist eh nicht so wichtig.«

Jetzt horchte Kallemann auf. »Was ist denn mit ihm? Du magst ihn doch.«

»Ja, sehr sogar. Das wissen Sie ganz genau«, brach es aus Lina heraus.

»Also was ist dann? Was bedrückt dich?«

Kallemann widmete sich nun mit seiner ganzen Aufmerksamkeit dem Mädchen und legte den Spaten zur Seite.

»Ich weiß auch nicht. Aber ich finde, dass Tulpe ein ganz besonderer Hund ist.«

»Wie meinst du das genau?«, hakte der Alte nach.

»Ich glaube, er versteht mich, wenn ich mit ihm spreche.«

Kallemann zuckte unwillkürlich zusammen, wollte sich aber nichts anmerken lassen und stand langsam auf.

»Er versteht dich?«

Lina wurde etwas verlegen.

»Nicht, dass Sie … also, nicht dass Sie denken, ich wäre blöd. Aber manchmal denke ich echt, ich kann mich mit ihm ganz normal unterhalten. Wie mit Ihnen zum Beispiel.«

Kallemann war sichtlich verwirrt und kam leicht ins Schwitzen. Dabei versuchte er, dem Mädchen gegenüber ruhig zu bleiben. »Wie? Du meinst, er spricht mit dir?«

Lina lachte aus Verlegenheit laut los.

»Natürlich nicht. Ich weiß doch, dass Tiere nicht sprechen können. Ich bin doch nicht blöd.«

Kallemann war einerseits erleichtert, aber andererseits weiterhin beunruhigt. Er bohrte mit einem Stiefel in der losen Erde herum und brummelte etwas Unverständliches. Lina beobachtete ihn nun leicht skeptisch. Ihr kam das Verhalten des Alten inzwischen irgendwie eigenartig vor.

»Was ist denn, Herr Kallemann? Sie sind plötzlich so komisch.«

»Nichts. Es ist nichts. Aber du hast recht. Tulpe ist wirklich ein ganz besonderer Hund.«

»Und sonst? Sie haben doch was.«

»Nichts.«

»Das glaube ich Ihnen nicht.«

Kallemann beugte sich ein bisschen zu Lina hinunter.

»Ich finde, du hast jetzt genug gefragt. Magst du vielleicht etwas Limonade? Ich habe welche im Haus.«

»Nein danke. Ich will, dass Sie mit mir reden, als wäre ich kein Kind. Und ich will keine Limonade.«

Kallemann musste schmunzeln.

»Sei froh, dass du noch ein Kind bist. Das sind viel schönere Zeiten. Alles so unbeschwert.«

»Lenken Sie nicht ab.«

»Heute bist du aber streng mit mir. Was willst du denn wirklich wissen? Raus damit.«

Lina holte dreimal tief Luft. »Kann es sein, dass Tiere doch sprechen können?«

Kallemann trat nun in dicken Tropfen Schweiß auf die Stirn. Er wusste sehr wohl, dass er sich mit Tulpe unterhalten konnte, aber doch nur, weil er sich alles einbildete. Wie sollte er das dem Mädchen erklären? Besser gar nicht erst versuchen, dachte er sich. Das würde im Desaster enden. Außerdem – was würde erst ihre Mutter Meike sagen, wenn er der Tochter Unsinn von sprechenden Tieren erzählte. Also stemmte Kallemann die Arme in die Hüfte und sagte mit klarer Stimme:»Nein, Lina, Tiere können nicht sprechen. Keine Katze, kein Pferd, und auch kein Hund kann das. Nicht einmal ein Esel kann sprechen wie ein Mensch. Und bevor du noch mal nachfragst … auch Tulpe kann es nicht.«

»Sind Sie sich da ganz sicher?«

»Aber natürlich.«

»Und Sie lügen mich wirklich nicht an?«

Kallemann gab sich empört.

»Wie kommst du darauf? Lina, ich lüge dich nicht an. Das würde ich nie tun.«

Lina reagierte leicht verunsichert und knetete mit ihren Händen herum. Andererseits war der Alte so klar und deutlich geworden, dass sie ihm von Herzen glauben wollte. Außerdem wollte sie nun endlich auf das Thema kommen, weswegen sie eigentlich hier war. Sie stupste sich leicht nervös an die Nase.

»Danke, dass wir uns so gut unterhalten haben«, sagte sie mit einem Lächeln.

»Aber klar doch, Lina.«

Insgeheim musste Kallemann in sich hineinschmunzeln. So viel Freundlichkeit einem Kind gegenüber?! Das hätte es noch vor wenigen Tagen nicht bei ihm gegeben.

»Dann sind wir zwei jetzt so was wie Freunde?«, fragte Lina offen.

Kallemann lächelte. »Ja, das sind wir irgendwie. Auch wenn es natürlich nicht so oft vorkommt.«

»Was?«

»Du bist ein nettes junges Mädchen und ich ein alter Griesgram.«

»Sie sind kein Griesgram. Aber darum geht es nicht.«

»Sondern? Worum geht es denn dann?«

Kallemann horchte auf. Da war also noch etwas, worüber das Mädchen mit ihm sprechen wollte.

»Wenn wir zwei Freunde sind, dann könnte ich Ihre Hilfe brauchen.«

»Meine Hilfe? Wobei denn?«

»Es ist alles nicht so einfach, aber ich habe da schon eine Idee.«

Kallemann hatte überhaupt keine Ahnung, worauf Lina hinauswollte.

»Was ist denn das für eine Idee? Und worum geht es überhaupt?«

»Dabei geht es um meine Mutter, meine Tante, Sie und mich. Und um Tulpe geht es natürlich auch.«

»Oh, là, là, das ist ja das volle Programm.«

Kallemann fragte sich neugierig, mit was für einem Vorschlag Lina gleich auf ihn zukommen wollte. Er nahm das Mädchen an der Hand und ging mit ihm zusammen auf die Veranda. Dann holte er noch etwas Limonade für beide aus dem Haus, und sie setzten sich nebeneinander auf eine Holzbank. Als Lina ihr Glas in einem Zug leer getrunken hatte, holte sie tief Luft und erzählte von ihrer Idee.

24

Tulpe hatte es sich in einer Hängematte bequem gemacht, die zwischen zwei Apfelbäumen vor Kallemanns Häuschen gespannt war. Kallemann selbst stand daneben auf einer runden Gummimatte, die er auf den Rasen gelegt hatte, und machte Kniebeugen.

Tulpe kommentierte die Anstrengungen des Alten. »Sehr gut. Aber nicht schummeln, bitte. Nicht nur andeuten, sondern ganz in die Knie gehen.«

Kallemanns verbissener Gesichtsausdruck verriet, dass es ihm keinerlei Spaß machte, weder die Übungen, geschweige denn Tulpes Kommentare dazu.

»Mein rechtes Knie knackt schon«, jammerte er. »Das gibt sicher bleibende Schäden.«

Der Hund verzog keine Miene. »Fünfzehn«, sagte er trocken.

»Wie fünfzehn? Wir waren schon bei achtzehn Kniebeugen. Nach achtzehn kommt neunzehn und nicht fünfzehn.«

»Es geht hier nicht um Mathematik, sondern um Fitness.«

Kallemann hielt kurz inne.

»Kein Grund für eine Unterbrechung«, sagte Tulpe. »Sonst kommst du nie auf hundert.«

»Was?«, keuchte Kallemann außer Atem. »Wir hatten zwanzig gesagt. Nicht hundert. Das überlebe ich nicht. Willst du mich etwa verarschen?«, ereiferte er sich.

»Verarschen sagt man nicht.«

Kallemann verdrehte die Augen. »Du weißt, was ich meine.«

»Vielleicht«, meinte Tulpe mit einem Grinsen. »Aber du kannst jetzt sowieso mal aufhören. Ich habe etwas mit dir zu besprechen.«

Kallemann ließ sich auf die Matte fallen und blickte ihn unsicher an. Was hatte das schon wieder zu bedeuten? Tulpe sprang aus der Hängematte und setzte sich direkt vor Kallemann.

»Es geht um Lina und ihren Vorschlag, ihre Idee«, sagte der Hund geradeheraus.

Kallemann gab sich entrüstet. »Woher weißt du von ihrem Vorschlag? Hast du uns zwei etwa belauscht?«

»Mein Gott, was heißt schon belauscht? Ich bin ein bisschen früher zurückgekommen, und da wollte ich euch beide nicht in der Unterhaltung auf der Veranda stören. Da habe ich mich lieber etwas zurückgehalten und nicht gleich bemerkbar gemacht.«

»Also hast du gelauscht. So etwas macht man nicht.«

»Papperlapapp. Noch weniger lehnt man einen Vorschlag ab, bei dem man Menschen aus der Patsche helfen kann. Das Mädchen hat dich um deine Hilfe gebeten, und ich kann ihr nur recht geben.«

Kallemann starrte den Hund fassungslos an. Dieser ließ sich in seinem Elan nicht stoppen.

»Es ist doch so – Angela geht mit ihrem Café pleite, wenn Linas Mutter ihr nicht in dem Laden hilft. Aber das heißt auch, sie kann sich nicht mehr tagsüber um ihre Tochter kümmern.«

»Jaja, ich weiß. Aber das ist doch alles nicht meine Sache.«

»Oh doch! Weil wir Meike dazu überreden werden, dass wir zwei, also du und ich, uns die nächste Zeit um Lina kümmern. Zumindest tagsüber. Dann kann sie im Café arbeiten und muss sich um ihre Tochter keine Sorgen machen.«

»Ich habe schon zu Lina gesagt, dass das kein guter Vorschlag ist.«

»Weil?«

»Weil? Weil? Weil? Ständig diese Fragerei. Dir haben sie doch alle Tassen aus dem Schrank geklaut?! Das kann nicht gut gehen.«

»Warum?«

»Was ist zum Beispiel, wenn etwas passiert?«

»Was soll schon passieren?«

»Was weiß ich …«, stotterte der Alte.

»Was weiß ich? … Das klingt nicht gerade überzeugend, mein lieber Kallemann.«

»Außerdem …«

»Was denn noch?«

Kallemann dachte nach und holte tief Luft.

»Ich mag keine Kinder.«

»Tust du doch!«

»Tu ich nicht!«

»Tust du doch!«

Kallemann winkte ab.

»Da müsste man schon blind sein, dass man nicht merkt, dass du die kleine Lina ganz gerne magst«, so Tulpe.

»So ein Unsinn.«

»Warum hast du ihr dann vorgestern ein Eis spendiert? Schoko mit Mangosplittern?«

»Da habe ich einen Moment nicht aufgepasst.«

»Hör auf, den alten Griesgram und unausstehlichen Kotzbrocken zu spielen. Du hast ein weiches und großes Herz. Du wirst sehen. Wir drei werden jede Menge Spaß miteinander haben.«

Tulpe blickte Kallemann mit großen Augen an und drehte den Kopf mal nach links, dann wieder nach rechts. Kallemann wurde schwummrig. Er dachte nach. Tulpe hatte schon recht. Er mochte die Kleine mit ihrer unbekümmerten Art gerne. Aber das würde er auf keinen Fall zugeben.

»Das kommt überhaupt nicht infrage. Ich werde mich bestimmt nicht zum Babysitter machen lassen. Das wäre ja noch schöner.«

»Sie ist elf Jahre alt. Kein Baby.«

»Vergiss es«, entgegnete Kallemann bestimmt. »In dem Alter sind sie noch schlimmer. Als Baby kann man ihnen wenigstens noch einen Schnuller zwischen die Zähne klemmen, wenn sie schreien.«

Tulpe machte Männchen. Das sah etwas lächerlich aus, aber das war ihm egal.

»Bitte, Kallemann.«

Kallemann sah ihn irritiert an.

»Was soll das denn? Wir sind hier nicht im Zirkus. Nie und nimmer. Kommt nicht infrage.«

25

Meike und Lina waren schon frühmorgens zu Angelas Café gegangen, um nach dem Rechten zu sehen. Es mussten ein paar Lieferanten abgefangen werden, die Lebensmittel im Kühlschrank mussten kontrolliert werden. Es musste gelüftet werden, Dinge sortiert. Auch um ein geschlossenes Café musste man sich kümmern. Bei allem war Meike schwer ums Herz. Es tat ihr leid, dass es wohl länger geschlossen bleiben musste. Sie überlegte, ob sie nicht doch einmal mit ihrer Tochter reden sollte. Schließlich gab sie sich einen Ruck. Die beiden setzten sich auf zwei Stühle direkt vor dem Eingang. Meike fasste Lina an beiden Händen und schaute sie lange an.

»Lina, Liebes, wir müssen etwas besprechen.«

Das Mädchen lächelte. »Ich weiß, Mama.«

Meike war überrascht. »Aber du weißt doch gar nicht, was ich dir sagen will. Es ist nämlich nicht so einfach.«

In diesem Moment bogen Kallemann und Tulpe um die Ecke und kamen über die Wiese auf das Café zu. Lina winkte ihnen über die Ferne zu. Die beiden näherten sich.

Kallemann erlärte Meike, ganz entgegen seiner ursprünglichen Absicht, dass er sich freuen würde, sich tagsüber um Lina kümmern zu dürfen. Also er und Tulpe natürlich, wie er mit einem zaghaften Lächeln ergänzte. Er habe gemerkt, dass sie gerne das Café für ihre kranke Schwester übernehmen würde. Meike war von Kallemanns Vorschlag überrascht. Damit hatte sie nicht gerechnet. Sie hatte ihn zwar inzwischen als einen ganz netten Mann kennengelernt, war aber im ersten Moment unschlüssig. Sie wusste nicht, ob sie das Angebot annehmen sollte. So gut kannte sie den Alten schließlich auch wieder nicht. Und ihr erstes Zusammentreffen hatte sie auch nicht vergessen. Das war mehr als unerfreulich gewesen. Konnte sie ihre geliebte Tochter wirklich Kallemann anvertrauen? Gut, da gab es auch noch diesen süßen Hund, den Lina wirklich mochte. Doch Meike blieb skeptisch. Im Grunde genommen war ihr der alte Mann immer noch ziemlich fremd, und ein etwas eigenartiger Zeitgenosse war er auch. Als sich aber Lina einmischte und von dem Vorschlag sichtlich begeistert war, brach bei Meike nach und nach der innere Widerstand. Vor allem, nachdem Kallemann ihr anbot, dass sie es ja wenigstens mal für einen Tag versuchen könnten. Meike könnte ihn auch immer anrufen und er sie, wenn etwas wäre. Meike gab nun endgültig nach. Zudem hatte auch Lina seit Kurzem ein eigenes Handy. Das war Meikes wichtigste Grundbedingung – Lina sollte ihr Handy mitnehmen und immer erreichbar sein. Dann könnten sie es vielleicht wirklich mal versuchen. Lina war voller Vorfreude. Auch Tulpe war angetan von der Idee. Lina mochte ihn, und die Zukunft roch nach Streicheleinheiten und Leckereien. Seine Zustimmung drückte er durch Schwanzwedeln aus.

Meike stürzte sich sofort in die Arbeit. Es war sehr viel vorzubereiten. Denn sie wollte das Café schon am nächsten Tag wiedereröffnen. Lina und Kallemann halfen ihr dabei, so gut sie konnten. Das war nicht so einfach. Denn für alle drei war das Arbeiten in einem Café Neuland. Tulpe zog es vor, sich ein bisschen alleine in Ruhe umzusehen. Vor allem die Speisekammer hatte es ihm angetan. Was es da alles zu entdecken gab. Leider waren keine Nussecken zu sehen. Aber etliche andere Leckereien. Vor allem Butter. Tulpe liebte alles, was mit Butter gemacht oder verfeinert war. Kurz entschlossen schnappte er sich ein Päckchen, trug es zu Kallemanns Häuschen und vergrub es in einem der Tulpenbeete.

Gegen Abend waren die Vorbereitungen abgeschlossen. Am nächsten Tag sollte Wiedereröffnung sein. Meike hatte ihre Schwester im Krankenhaus angerufen und ihr die tollen Nachrichten erzählt. Angela war gerührt und dankbar. Sie wollte sofort aus dem Krankenhaus kommen und den anderen helfen. Aber ihr Rücken spielte nicht mit, und so musste sie im Bett bleiben.

26

Tulpe und Kallemann waren erst gegen Abend wieder nach Hause gekommen. Dem Alten hatte die Arbeit mit den anderen sichtlich Spaß gemacht. So ein Miteinander, das kannte er schon lange nicht mehr. Er spürte Zufriedenheit. Meike hatte aus Dankbarkeit für alle herrliche Spaghetti mit Tomatensauce gekocht. Aber auch danach war noch etwas Platz in Tulpes Magen, Platz für eine kleine Nachspeise. Als Kallemann erschöpft und gut gesättigt ins Bett fiel, schlich er sich noch mal raus zu den Beeten. Der Vollmond schien hell. Während man in der Ferne eine Eule hören konnte, machte er es sich auf der Veranda bequem. Er wollte sich ein kleines Stückchen Butter genehmigen. Nur ein kleines Stückchen, das war der Plan. Keine zehn Minuten später waren zu dem einen Stückchen noch zwei weitere, schon etwas größere, dazugekommen. Nach einer halben Stunde hatte er sich das ganze Päckchen Butter einverleibt. Es hatte köstlich geschmeckt. Allerdings verspürte Tulpe ein gewisses Rumoren in seinem Magen. Und das war erst der Anfang.

Kallemann hatte meist einen ruhigen und tiefen Schlaf. Wenn er mal nachts aufwachte, dann vielleicht gestört von seinem eigenen röhrenden Schnarchen. Doch in dieser Nacht war es anders. Vielleicht lag es am Vollmond, vielleicht hatte er bei Meike einen Teller Spaghetti zu viel verdrückt. Jedenfalls konnte er um zwei Uhr nachts nicht mehr schlafen. Als er wach dalag und in die Dunkelheit starrte, vernahm er aus der Nähe ein leichtes Stöhnen. Er mühte sich aus dem Bett, um zu sehen, was da los war. Das Stöhnen kam von Tulpe, der sich auf dem Sofa hin und her wälzte. Kallemann versuchte, ihn zu wecken, aber der Hund reagierte nicht. Er schüttelte ihn, rüttelte an ihm. Aber keine Reaktion. Nur das Stöhnen wurde immer lauter. Kallemann ging in das kleine Bad, das er illegalerweise an die Rückwand seines Häuschens gebaut hatte. Er holte ein Handtuch, das er mit kaltem Wasser tränkte. Als er zum Sofa zurückkam, gab Tulpe keinen Mucks mehr von sich. Er lag da wie tot. Seine Nasenspitze war kochend heiß. Kallemann wusste, dass gesunde Hunde immer eine kalte Nasenspitze haben. Was fehlte Tulpe? Er tupfte ihm mit dem nassen und kalten Handtuch die Stirn. Er machte sich wirklich Sorgen um seinen Hausgenossen.

»Tulpe, was ist denn mit dir? Kannst du mich hören?«

Doch es gab weiterhin keine Reaktion von ihm. Vielmehr verkrampften sich seine Beine.

»Was ist mit dir? Bitte … reiß dich zusammen. Du wirst doch nicht etwa …« Panisch rüttelte er an dem Tier. »Tulpe! Du darfst nicht sterben. Nein!«

Ihm wurde mächtig heiß, und er wischte sich mit seiner Hand den Schweiß von der Stirn.

»Du bist doch mein Gewissen. Bitte … bitte … geh nicht. Das darfst du mir nicht antun. Was kann denn ein

Mensch ohne sein Gewissen tun? Ist man dann überhaupt noch ein Mensch?«

Der Hund stöhnte einmal kurz auf. Aber dann verstummte er sofort wieder. Er würgte.

»Bitte … Tulpe! Tulpe!«

Während er dem Hund weiterhin die Stirn kühlte und vergeblich versuchte, ihn wachzukriegen, flehte er ihn immer lauter an.

»Lieber Tulpe. Ich verspreche dir, ab heute werde ich ein absolut guter Mensch sein. Ich will alles tun, was du sagst.«

Kallemann war mit den Nerven am Ende. Schließlich, es mochten über zwei Stunden vergangen sein, war seine Kraft erschöpft. Völlig außer Kräften sank er neben dem Sofa zu Boden und fiel in einen komatösen Schlaf.

27

Ein paar Stunden später wurde er von Tulpe geweckt, der ihm mit der nassen Zunge mehrmals quer über das Gesicht fuhr. Auch wenn er mitten aus dem Tiefschlaf gerissen wurde, war Kallemann mit einem Schlag hellwach. Er starrte Tulpe mit weit aufgerissenen Augen an.

»Du lebst!«

»Ich schon. Aber du liegst hier wie tot«, meinte dieser. »Was ist denn mit dir los? Bist du etwa krank?«

»Ich?«

Kallemann bemerkte, dass er mitten auf dem abgewetzten Teppich direkt vor dem Sofa lag. Diesen Teppich hatte er als einen der wenigen Gegenstände aus seiner alten Wohnung mitgenommen. Er brauchte ein bisschen, um in der Wirklichkeit des neuen Tages anzukommen. Er streckte seine Glieder, drehte ganz langsam seinen Hals hin und her und stand auf. Dabei ließ er Tulpe nicht aus den Augen und beäugte ihn skeptisch.

»Dir geht es wirklich gut?«, fragte er.

Der Hund nickte. »Klar. Warum? Was soll die Frage?«

»Also ich meine, dir fehlt nichts? So überhaupt nichts?«

Kallemann konnte einfach nicht glauben, dass sein Mitbewohner so fidel vor ihm stand.

»Du wiederholst dich. Und jetzt ab ins Bad. Wir müssen ins Café. Schließlich wollen wir Lina abholen und mit ihr einen kleinen Ausflug in die Stadt machen. Oder hast du das etwa vergessen?«

Kallemann kratzte sich am Kopf und konnte sich langsam erinnern. Da hatte Tulpe recht. Das hatten sie gestern beim gemeinsamen Abendessen mit Meike ausgemacht. Heute war der erste Tag, an dem sie sich um Lina kümmern wollten, mit ihr etwas unternehmen. Sein Blick traf die Wanduhr. Es war schon verdammt spät. Er eilte zur Dusche. Aber auch nach einer erfrischenden Morgendusche blieb eins: Kallemann war hundemüde. Er hatte schlecht geschlafen. Das Liegen auf dem harten Teppichboden war ihm mächtig in die Knochen gefahren.

Auf dem Weg zum Café musste Tulpe aufs Tempo drücken. Sonst würden sie zu spät kommen. Kallemann gab sich alle Mühe, mit dem lockeren Trab des Vierbeiners mitzuhalten, der neben ihm geradezu tänzelte. Seine Schritte dagegen waren langsam und schleppend. Tulpe schaute sich das eine Weile an, schüttelte dann den Kopf und blieb abrupt stehen, sodass der Alte fast über ihn stolperte.

»Du hast dir Sorgen gemacht«, meinte Tulpe mit ungewohnt sanfter Stimme.

»Wie, Sorgen gemacht?«, wollte Kallemann wissen.

»Na, du hast dir Sorgen um mich gemacht. Das war wirklich sehr nett von dir. Du bist gar nicht so ein übler Kerl.«

Kallemann gab sich cool und unwissend. »Ich weiß nicht, wovon du sprichst.«

»Ach nein? Ich hatte einen Traum. Stell dir vor, da stand so ein Mann neben mir, der hat mich geschüttelt und gefleht, ich soll ihn nicht verlassen. Und dieser Mann, stell dir vor, der sah aus wie du.«

Tulpe griente den Alten an, der sich seinerseits in der Situation wand.

»Na ja, Träume sind wie Schäume. Da ist meistens nichts dran.«

»Meinst du?«, fragte Tulpe.

Kallemanns Kopf zeigte ein Nicken.

»Und du? Hast du auch etwas geträumt?«, fragte der Hund.

Kallemann zögerte. »Nein, jedenfalls nichts, an was ich mich erinnern könnte.«

»Warum hast du auf dem Teppich geschlafen und nicht in deinem Bettchen?«

Kallemann wusste nicht so recht, was er sagen sollte. Er stammelte etwas Unverständliches und kaute auf seiner Unterlippe herum.

»Vielleicht bin ich Schlafwandler?«

»Genau. Und als Schlafwandler hast du es dann bis in meinen Traum geschafft. So wird es gewesen sein.«

Tulpe trabte flott weiter.

»Los jetzt. Wir kommen zu spät.«

Kallemann hechtete hinterher. Er wollte wissen, was Tulpe nachts noch so mitbekommen hatte.

»Und was habe ich noch alles in deinem Traum gemacht? Oder … vielleicht gesagt?«

»Daran kann ich mich nicht mehr erinnern.«

»Wirklich nicht?«, fragte Kallemann skeptisch.

»Nein.«

»Dann versuch dich zu erinnern.«

»Meine Träume sind meine Privatsache. Jetzt mal hurtig, Freundchen. Du schläfst ja im Gehen fast ein, du Schlafwandler.«

Tulpe war bester Stimmung und legte fast ein paar improvisierte Trippelschritte wie eine Steppeinlage auf den Kiesweg. Kallemann kam es jedenfalls so vor.

Als die beiden kurz darauf in Angelas Café eintrafen, herrschte dort bereits reger Betrieb. Meike, Lina und eine junge Kellnerin waren damit beschäftigt, die Korbstühle nach draußen zu stellen und die Tische gerade zu rücken. Auch die Sonnenschirme mussten noch aufgestellt werden. Kurzerhand packte Kallemann mit an und half dabei. Tulpe beobachtete ihn nachdenklich. Er war mit ihm zufrieden. Seine Arbeit als Gewissen zeigte Wirkung. Er war stolz auf »seinen« Kallemann – und natürlich ein kleines bisschen auch auf sich selbst.

Als sie unbemerkt waren, wandte er sich kurz an den Alten. »Ich muss schon sagen. Alle Achtung. Ich denke, wir sind auf dem besten Weg.«

»Was soll denn das heißen?«, fragte Kallemann leicht verunsichert.

»Ich bin gekommen, um aus dir einen besseren Menschen zu machen. Wenn das so weitergeht, dann habe ich meine Aufgabe bald erfüllt.«

»Wie?«

»Dann kann ich wieder gehen.«

Kallemann wurde schlagartig ganz anders. Auch wenn der Hund völlig ungefragt in sein Leben getreten war und er ihm manchen Ärger bereitet hatte, so hatte er sich an ihn gewöhnt. Mehr als das. Er war froh, ihn bei sich zu haben. Endlich war er nicht mehr alleine. Und noch etwas: Im Grunde genommen war das Leben viel schöner, wenn man nicht mit allen anderen Menschen auf Kriegsfuß stand. Der Alte schaute mit großen Augen zu Tulpe. Ihre Blicke trafen sich. Er schluckte. Tulpe entging das natürlich nicht. Kallemann wischte sich kurz über die Augen.

»Nicht weinen, mein Freund. Noch ist es ja nicht so weit«, sagte Tulpe.

»Wie kommst du denn auf den Unsinn, dass ich weinen könnte?«

»Das sehe ich doch.«

»Das ist nur eine Allergie auf das Blütenzeugs hier überall.«

»Jaja, eine Allergie. Wer's glaubt«, meinte Tulpe.

Er fühlte sich hundewohl. Die Episode mit der Butter war Schnee von gestern.

Als die gröbsten Arbeiten erledigt waren, wollte Meike die drei nicht weiter aufhalten. Sie sollten endlich zu ihrem kleinen Ausflug in die Stadt aufbrechen. Außerdem hatte sie noch zwei Studentinnen als Aushilfe engagiert, die jeden Augenblick kommen mussten.

Doch bevor die drei von dannen zogen, umarmte Meike ihre Tochter und wandte sich dann noch mal an Kallemann.

Er solle bitte wirklich gut aufpassen und auf keinen Fall irgendwas Verbotenes tun, und überhaupt … Kallemann meinte, Meike solle sich keine Sorgen machen. Es würde nichts passieren, und gegen Abend seien sie wohlbehalten wieder zurück. Meike hatte dennoch ein leicht mulmiges Gefühl, als sie den dreien hinterherblickte. Links Kallemann, rechts Tulpe und in der Mitte ihre kleine Lina. Doch bald hatte sie keine Zeit mehr für Gefühle und Sorgen, Torten wollten gebacken und die Tische eingedeckt werden.

28

Um schneller in das Zentrum der Stadt zu gelangen, entschlossen sich die drei, die Straßenbahn zu nehmen, deren Haltestelle nicht weit vom Café entfernt war. Lina hatte einen Platz am Fenster und schaute gedankenverloren hinaus, wie die Welt draußen an ihr vorbeiglitt. Sie entdeckte große dicke Monster, die in Wirklichkeit Litfaßsäulen waren. Fahrradtaxis wurden in ihrer Vorstellung zu lustigen Fantasiewesen auf drei sich drehenden Beinen, und ein Polizeiauto mit Blaulicht verwandelte sich zu einem Drachen, der blaues Feuer spucken konnte. Es war herrlich. Lina genoss es, immer mal wieder aus der Wirklichkeit abzutauchen. Auch wenn sie es super fand, dass sie Tulpe und Kallemann kennengelernt hatte, diese Ausflüge der Fantasie würden immer ihre eigene kleine Welt bleiben.

In ihrer Versunkenheit bekam sie gar nicht mit, wie in der Straßenbahn plötzlich zwei Fahrkartenkontrolleure auftauchten und sich lautstark bemerkbar machten.

»Fahrkartenkontrolle. Die Fahrscheine bitte!«

Die beiden waren sehr unterschiedlich. Ein etwas Dicklicher mit T-Shirt und löchriger Jeans sowie ein Dürrer mit Sakko und einem Trachtenhut. Er war mindestens einen Kopf größer als sein Kollege. Die beiden Männer wiesen sich aus und gingen von Fahrgast zu Fahrgast. Kallemann war völlig ruhig. Er hatte eine Monatskarte, und auch Lina hatte eine, wie er von ihrer Mutter Meike wusste. Dann fiel sein Blick auf Tulpe, der plötzlich nervös von einer Pfote auf die andere trat.

»Das ist ja mal eine schöne Scheiße«, sagte der Vierbeiner.

»Scheiße sagt man nicht«, ermahnte ihn Kallemann.

»Das ist mir im Augenblick so was von egal. Es ist eine verdammte Scheiße. Kruzifix noch mal. Ich habe keinen Fahrschein. Oder hast du etwa einen für mich gekauft?«

Kallemann schüttelte den Kopf.

»Hätte ich das tun sollen?«

»Das kann ich ja wohl schlecht selbst machen.«

Kallemann wurde heiß. »Und jetzt?«

»Und jetzt werden Sie mich mitnehmen, in den Knast stecken, und dort kann ich dann bis zu meinen alten Hundstagen versauern.«

»Du übertreibst. Das kostet etwas, aber das kann ich übernehmen. Lass mich mal machen.«

Die beiden Kontrolleure kamen näher und näher. Tulpe war kurz davor, vor lauter Nervosität gegen eine der Haltestangen aus Metall zu pinkeln. Kallemann versuchte, ihn zu beruhigen. »Keine Sorge, ich rede mit denen. Die werden ein Auge zudrücken.«

»Na super, und was willst du ihnen erzählen? Hallo, ich bin Herr Kallemann. Der Hund gehört zu mir. Er ist mein Gewissen, und er braucht deswegen keinen Fahrschein.«

»So in etwa.«

»Bravo. Das bringt uns beide ohne Umwege in die Klapse, und Lina bleibt alleine zurück. Sie kennt sich überhaupt nicht aus in der Stadt hier. Das macht alles eher noch schlimmer.«

In diesem Moment hielt die Straßenbahn an einer Haltestelle und ruckelte dabei so stark, dass eine jüngere Dame sich an dem Mantel eines älteren Herrn festhalten musste. Dieser reagierte darauf mit einem gewissen Entzücken, was seine Ehefrau wiederum mit einem leicht genervten Kopfschütteln kommentierte. Einige Passagiere standen auf und gingen zur Tür. Sie warteten darauf, aussteigen zu können. Erst mit einer kleinen Verzögerung schoben sich die Türen auf. Tulpe musste nicht lange überlegen und rannte so schnell er konnte zwischen den Beinen der stehenden Fahrgäste hindurch Richtung Freiheit. Dabei wirbelte er einen Spazierstock durch die Luft und sprang über einen anderen Hund, einen Labrador, der aber nur entspannt den Kopf hob, ein Auge öffnete und seinem Artgenossen gelangweilt hinterherblickte. Zwei auf dem Boden stehende gut gefüllte Einkaufstüten wurden in die Luft geworfen. Einer der Kontrolleure, der Dürre, packte Tulpe am Fell, worauf dieser aufjaulte. Als bei der Aktion dem Mann der Trachtenhut vom Kopf rutschte und er ihn auffangen wollte, nutzte Tulpe den Augenblick der Unaufmerksamkeit, um sich frei zu machen. Einige Passagiere unterstützten ihn und riefen, die Kontrolleure sollten doch den kleinen Hund in Ruhe lassen. Der dickere Kontrolleur giftete zurück. In dem Durcheinander gelang es Tulpe endgültig, ins Freie zu entwischen.

Lina hatte von der ganzen Aktion nichts mitbekommen, so sehr war sie in ihren Tagträumereien versunken. Vielmehr hatte sie die Unruhe in der Straßenbahn in ihre Welt eingebaut. Wenn der Dicke etwas laut rief, klang es für sie wie der Schrei eines Dinosauriers. Doch inmitten von Fabelgestalten und Drachen tauchte plötzlich hinter der Scheibe in der Welt draußen ein wuscheliges Wesen auf, das sie sofort erkannte: Es war Tulpe. Sie schreckte auf und rief laut seinen Namen. Ohne auf Kallemann zu achten, stürmte sie aus der Straßenbahn – Tulpe hinterher. Sie schaffte es im letzten Augenblick, gerade noch bevor sich die Türen wieder schlossen und die Bahn ruckelnd anfuhr. Kallemann bemerkte das erst, als es zu spät war. Das war alles viel zu schnell für ihn gegangen. Er versuchte vergeblich, die Tür wieder zu öffnen, was ihm aber nicht gelang. Er schlug mit seiner rechten Hand immer wieder auf den Knopf zum Türöffnen. Das wiederum regte die beiden Kontrolleure erst recht auf. Es entwickelte sich ein lautes Streitgespräch zwischen ihnen und Kallemann. Die Auseinandersetzung wurde hitziger. Sie wollten seine Personalien aufnehmen. Kallemann wehrte sich mit Händen und Füßen. Eine ältere Dame stand ihm bei. Auch andere Fahrgäste schlossen sich dem Protest an. Aus dem Streitgespräch entwickelte sich ein kleineres Handgemenge. Es wurde richtig hitzig in der Straßenbahn. Drohungen wurden ausgesprochen, und sogar Fäuste flogen vereinzelt. Die Kontrolleure sahen schließlich nur noch einen Ausweg und verließen an der nächsten Haltestelle fluchtartig die Straßenbahn. Auch Kallemann stieg aus.

Tulpe und Lina waren verschwunden. Es war ihm richtig übel. Er hätte sich auf der Stelle übergeben können, so sehr regte er sich auf. Wie hatte das passieren können? Er hatte doch Meike sein Wort gegeben, dass nichts passieren würde. Er musste Tulpe und Lina unbedingt wiederfinden.

29

Lina war es, nachdem sie aus der Bahn geflitzt war, gelungen, Tulpe schnell einzuholen. Das lag vor allem daran, dass dieser von einer Bratwurstbude an der nächsten Straßenecke abgelenkt war. Als das Mädchen um die Ecke bog, sah sie, wie Tulpe versuchte, mit dem Verkäufer durch treuen Hundeblick einen freundschaftlichen Kontakt herzustellen. Doch der Verkäufer machte keine Anstalten, auch nur eine Wurst gratis herauszurücken. Vielmehr beachtete er Tulpe gar nicht weiter, sondern legte wie zum Trotz weitere leckere Würste auf den Rost. Tulpe sah Lina angerannt kommen und machte Männchen. Er musste unbedingt so eine Wurst haben. Der Duft des Grills war einfach zu betörend.

»Wie kann man nur so verfressen sein«, meinte Lina lachend.

Tulpe war bitter enttäuscht. Ein einziges kleines Würstchen hatte doch überhaupt nichts mit Verfressen zu tun. Er versuchte es weiter. Dieses Mal mit Pfötchengeben.

Aber Lina schüttelte den Kopf.

»So eine Wurst ist nicht umsonst. Und ich habe kein Geld dabei. Das Geld, das mir meine Mutter mitgegeben hat, hat Herr Kallemann.«

Tulpe schniefte und schüttelte sich leicht genervt. Sein wehmütiger Blick ging Richtung der leckeren Würste.

»So oder so müssen wir Herrn Kallemann finden. Meinst du nicht, er macht sich Sorgen um uns? Er ist doch sicher noch in der Straßenbahn.«

Tulpe wusste, dass Lina recht hatte, und so folgte er ihr, als sie unvermittelt losrannte. Der Hund wäre dabei beinahe mit einer Laterne kollidiert, nur weil er einen letzten sehnsüchtigen Blick zurück zu dem Grill wagte.

Nach fast einem Kilometer kamen die beiden völlig außer Atem an einen kleinen Platz, an dem die Straßenbahn auf ihrem Weg eine enge Kurve machte. Als sie nach einer kurzen Luftholpause weiterrennen wollten, kam ihnen ein dicker Mann in seiner Latzhose verschwitzt entgegen. Es war Kallemann, auch er völlig außer Atem und hechelnd. Er war überaus glücklich, sie wiederzusehen. Alle drei umarmten sich fest und führten auf dem Bürgersteig einen kleinen Freudentanz auf, sodass der eine oder andere Passant sich schon ein bisschen wunderte.

Auch wenn er völlig übermüdet und erschöpft war, so wollte Kallemann, dass sie den Rest des Tages lieber nur zu Fuß unterwegs waren. Er wollte unbedingt vermeiden, dass sie sich noch mal aus den Augen verloren. Ihm war völlig egal, wohin sie gingen oder was sie unternahmen. Nur wollte er auf keinen Fall mehr eine Straßenbahn betreten.

Die drei hatten im Laufe des Tages jede Menge Spaß miteinander. So mieteten sie sich ein Ruderboot, mit dem sie auf einem kleinen See herumschipperten. Mit viel Hunger nach der körperlichen Aktion genehmigten sie sich drei fette Hamburger mit allerlei Extras. Tulpe entschied sich dabei für die XXL-Version. Danach gab es für alle Popcorn und gebrannte Mandeln. Später am Nachmittag kletterten sie über hundert Stufen auf den höchsten Turm der Stadt, von dem aus sie einen wunderbaren Blick über die unzähligen Hausdächer hatten. Oben angekommen, wurde Tulpe blass um die Nase. Kallemann musste ein bisschen in sich hineingrinsen, als ihm klar wurde, dass Tulpe Höhenangst hatte. Selbst ein Gewissen ist nicht wirklich perfekt, dachte er sich. Aber er war so zufrieden mit dem Tag, dass er keine Lust auf Sticheleien hatte, obwohl diese in der Luft lagen.

Lina war ausgelassen und glücklich. So einen tollen Tag hatte sie schon lange nicht mehr erlebt. Sie hatte zwei neue Freunde gefunden. Zu dritt trabten die drei kreuz und quer durch die Gegend. Sie ließen sich treiben, hatten bald kein konkretes Ziel mehr vor Augen. Sie genossen einfach die schönen Augenblicke. Kallemann ließ die beiden entscheiden, wohin sie als Nächstes wollten. Er würde überallhin mitkommen. Hauptsache, er verlor sie nicht mehr aus den Augen. Auch er hatte schon lange nicht mehr so einen schönen Tag erlebt. Waren die beiden wirklich seine Freunde geworden? Er war sich unsicher. Sein eigenes Gewissen konnte man wohl schwer als Freund bezeichnen. Und dass ein kleines, nettes Mädchen ihn wirklich als wahren Freund betrachtete, war wohl auch eher unwahrscheinlich. Er beschloss, nicht mehr weiter darüber nachzudenken. Er wollte einfach den weiteren Tag mit den beiden genießen. Außerdem hatte er genug damit zu tun, seine Augen offen zu halten und nicht im Gehen einzuschlafen. Die letzte Nacht auf dem harten Teppichboden forderte zunehmend ihren Tribut.

Plötzlich stand es vor ihnen: das Mietshaus, in dem Kallemann gewohnt hatte. Ihr zielloses Schlendern, ihr Weg kreuz und quer durch die Stadt hatte sie geradewegs hierhergeführt. Was für ein Zufall. Hatte das etwas zu bedeuten? Wie versteinert stoppte der Alte und blickte hinauf zu der Wohnung mit dem Balkon. Lina fiel sofort auf, dass mit ihm etwas nicht stimmte.

»Was ist denn?«, fragte sie geradeheraus.

»Nichts«, antwortete Kallemann tonlos.

»Was ist denn mit dem Haus? Sie schauen so komisch«, ließ Lina nicht locker.

»Nichts«, blieb der Alte stur.

»Kennen Sie jemanden hier?«

»Nein.«

»Aber Sie kannten mal jemanden hier?«

»Nein.«

»Ich verstehe das nicht.«

»Du bist ein kleines Mädchen. Es ist ganz normal, dass kleine Mädchen nicht immer alles verstehen.«

»Das ist gemein.«

Kallemann schluckte. So grob wollte er gar nicht werden.

»Tut mir leid.«

»Also dann erklären Sie mir bitte, was mit Ihnen ist.«

Kallemann überlegte einen Moment. Aber er wollte nicht in der Vergangenheit kramen. Das schmerzte zu sehr.

»Es gibt Dinge, die niemanden etwas angehen. Und je mehr du fragst, umso weniger geht es dich was an«, sagte er grantig zu Lina.

Daraufhin sagte und fragte sie nichts mehr und schwieg. Sie fand es fies von ihm, dass er ihr nichts erzählen wollte.

Kallemann, dem sein rauer Ton nach wenigen Minuten doch etwas leidtat, wurde plötzlich sanft.

»Ja. Einige Leute kannte ich. Ich habe hier mal gewohnt.«

»Es ist ein schönes Haus. Warum sind Sie denn ausgezogen?«

»Ich hatte eben meine Gründe.«

»Und welche?«

»Da kann ich nicht drüber reden.«

»Und warum nicht?«

»Weil ich nicht will.«

»Und warum wollen Sie nicht?«

»Das alles geht dich nun wirklich nichts an. Das geht niemanden etwas an.«

Der Alte wollte einfach nicht, dass in seiner Vergangenheit herumgekramt wurde. Seine Antwort kam deswegen schroffer, als er das gewollt hatte. Die kurzen Momente der Sanftheit waren beendet. Er wollte einfach nicht weitererzählen. Lina ihrerseits wollte nun auf keinen Fall mehr nachfragen. Sie hatte aus ihrer Sicht alles versucht.

So gingen die drei schließlich ziemlich wortlos nebeneinander nach Hause. Der Tag, der so ausgelassen und so schön gewesen war, dieser Tag hatte etwas Betrübtes bekommen. Kallemann war in traurigen Erinnerungen versunken. Lina verstand nicht, was den Alten bewegte. Tulpe wiederum beschloss, dass er etwas unternehmen musste.

30

Nachdem Kallemann und Tulpe die etwas unglückliche Lina ins Café zu Mutter Meike gebracht hatten, waren sie nach Hause gegangen. Lina hatte sich nur kurz von dem Alten verabschiedet. Meike hatte von der Missstimmung zwischen den beiden nichts mitbekommen. Zu sehr freute sie sich, ihre Tochter wieder in die Arme schließen zu können. Ihr eigener Tag war sehr erfolgreich verlaufen. Es waren viele Gäste ins Café gekommen, und alles war meist problemlos verlaufen. Hin und wieder musste sie bei kleineren Nachfragen Angela im Krankenhaus anrufen. Aber ansonsten: Alles paletti! Sie war so im Stress gewesen, dass sie überhaupt nicht dazu gekommen war, ihre Tochter mal auf dem Handy anzurufen. Sie musste sich selbst ein bisschen über sich wundern. Das war wirklich ein gelungener Tag gewesen. Meike war Kallemann sehr dankbar dafür, dass er sich um Lina gekümmert hatte – natürlich mit Tulpe zusammen. Zum Abschied umarmte sie den Alten, was sie bis dahin noch nie getan hatte. Kallemann hatte natürlich von der Episode in der Straßenbahn nichts erwähnt. Das hatten Lina und er so beschlossen.

Bis in den Abend hinein sprachen Tulpe und Kallemann kein Wort miteinander. Der Alte verzichtete sogar auf ein Abendessen, so sehr war ihm die Geschichte mit seiner alten Wohnung auf den Magen geschlagen. Tulpe kam hingegen nicht in den Sinn, eine Mahlzeit auszulassen. Aber er begnügte sich mit einem Teller Salami. Tulpe liebte Salami, am liebsten aus Italien. Aber sie musste dünn aufgeschnitten sein.

Später dann hatten sie es sich auf dem Sofa vor dem Fernseher bequem gemacht. Tulpe fläzte sich gemütlich gegen eine der Lehnen, Kallemann wiederum hatte seine Beine auf einen Hocker gelegt. Er hatte Tulpe die Wahl überlassen. Er sollte entscheiden, was sie sehen würden. Ihm sei alles recht, so der Alte. Tulpe entschied sich für einen Tierfilm: Bären in Alaska. Sie wurden beim Lachsfang in einem reißenden Fluss beobachtet.

Kallemann nölte schon nach kurzer Zeit herum. »Das ist ja irre spannend.«

Tulpe reagierte nicht weniger genervt. »Bitte. Du darfst entscheiden.«

»Keine Lust. Es kommt eh nichts Gescheites.«

»Upsala. Da hat aber einer gute Laune«, sagte Tulpe mit einem leicht amüsierten Seitenblick.

»Meine Laune ist bestens«, raunte Kallemann und schaltete wahllos auf der Fernbedienung hin und her. Aber weder eine total dämliche Rateshow mit eher unbekannten Prominenten noch die Aufzeichnung einer musikalischen Komödie aus den Sechzigerjahren konnte ihn begeistern. Er entschied sich für ein Motorradrennen. Tulpe sollte es recht sein. Er hatte seit Längerem eine Vorliebe für Motorräder.

Es dauerte nicht lange, bis Kallemann wieder etwas auszusetzen hatte.

»Im Kreis rumfahren ist nur was für Idioten. So kann man auch seine Zeit totschlagen.«

Tulpe ging das neuerliche Gemecker mehr und mehr auf die Nerven. Er schnappte sich ein Stückchen von dem Eiskonfekt, das zwischen ihnen beiden auf einem Tellerchen lag.

»Mit deiner schlechten Laune könnte man eine Wüste einfrieren«, meinte er mit voller Schnauze.

»Hä? Ich habe keine schlechte Laune«, raunzte Kallemann und schob sich ebenfalls etwas Eis in den Mund.

Tulpe zählte in Gedanken die noch verbliebenen Stückchen.

»Ich weiß, was dir über die Leber gelaufen ist. Aber ich fang nicht an. Das musst du schon.«

Bei diesen Worten wanderte wieder ein Stückchen von dem Eiskonfekt direkt in die Schnauze des Vierbeiners. Er schmatzte. »Lecker.«

Kallemann schaute zu dem Tellerchen und griff sich nun seinerseits wieder ein Stückchen. Tulpe blickte ihn irritiert an.

»So. Das war das letzte für dich. Du musst abnehmen. Und jetzt raus mit der Sprache.«

Kallemann blieb mürrisch.

»Wenn du eh schon weißt, was los ist, muss ich dir ja gar nichts mehr erzählen.«

»Vielleicht will ich es aber aus deinem Mund hören. Und vielleicht weiß ich es gar nicht, sondern bilde es mir nur ein.«

»Hör einer an. Du bist doch das Gewissen hier im Haus, irgendwie quasi ein bisschen allwissend. Und jetzt plötzlich weißt du nichts mehr?«, brummelte Kallemann.

»Vorsicht«, ermahnte ihn Tulpe.

»Was habe ich denn jetzt schon wieder gemacht?«

»Du verweigerst dich einem Dialog.«

»Das ist mein Leben.«

»Da hast du recht. Jeder ist der Meister seines Lebens. Ich greife nur hin und wieder, sagen wir, unterstützend ein.«

Kallemann runzelte die Stirn, langte zum Eiskonfekt und stibitzte ein Stückchen. Er genoss es ganz langsam und blickte Tulpe leicht provozierend an.

»Hm ... wirklich echt lecker.«

Tulpe wurde ob der Störrigkeit des Alten langsam richtig sauer.

»Ich denke, wir werden morgen mit Klimmzügen beginnen. Die haben wir bis jetzt völlig vergessen. Das bringt dich sicher auf andere Gedanken.«

Kallemann starrte den Hund neben sich fassungslos an. Er hustete, verschluckte sich fast.

»Klimmzüge?! Das kann ich nicht. Dafür bin ich viel zu ...«

»... dick«, ergänzte Tulpe. »Sprich es nur aus.«

»Wie kann man nur so fies sein«, meinte Kallemann fassungslos und schluckte das letzte bisschen des Konfekts in seinem Mund hinunter. Er blickte zu dem Tellerchen mit den Eisstücken. »Dann ist es eh egal. Gib mir noch eins!«

»Nein, die sind abgezählt«, entgegnete Tulpe und bedeckte den Teller mit seiner Pfote. »Warum wohnst du nicht mehr dort? In deiner alten Wohnung?«

»Weil sie die Miete erhöht haben.«

»Lüge.«

»Woher willst du das wissen?«

»Weil du immer noch der Mieter bist. Du zahlst weiterhin Miete, wohnst aber nicht mehr drin. Weißt du, wie man das nennt?«

»Ähm …« Mehr sagte Kallemann nicht dazu.

»Bescheuert«, konkretisierte Tulpe.

»Du bist unsensibel wie ein Holzstock«, so Kallemann.

»Sagt die Axt im Walde«, entgegnete der Hund.

Kallemann wischte sich mit der Hand über das Gesicht und stand auf. Ein paar Schritte ging er auf und ab. Der Boden knarzte unter seinen Füßen.

»Es ist wegen Ellen«, sagte er mit ungewohnt stockender Stimme.

»Ellen? Geht es auch bisschen genauer?«

»Mein Gott, schon wieder. Du bist doch mein Gewissen. Du kennst dich aus in meinem Leben. Was fragst du also?«, ereiferte sich Kallemann.

»Ich will es aber von dir hören. Du bist schließlich auf dem harten und dornigen Weg, ein anständiger Mensch zu werden. Da ist das Thema Ellen ein wichtiges Kapitel. Und zwar ein ganz wichtiges!«

Kallemann schnaufte ein paarmal tief durch und spielte nervös mit seinen Fingern.

»Du weißt, dass Ellen meine Frau ist.«

»Klar«, sagte Tulpe. »Ich weiß auch, was du im letzten Jahr für einen Unsinn in die Welt gesetzt hast. Alle Leute hier glauben diesen Unsinn.«

Kallemann sah den Hund neben sich schweigend an, räusperte sich, öffnete den Mund, schloss ihn wieder und schwieg.

»Warum hast du denn diese komischen Gerüchte gestreut, dass sie gestorben ist? Bei einem Autounfall?«

»Ich ...« Dem Alten versagte die Stimme.

Tulpe sprang ihm bei. »Niemand sollte erfahren, dass sie dich verlassen hat, weil du so ein unerträglicher Kotzbrocken warst. Sie hat es an deiner Seite einfach nicht mehr ausgehalten. Deswegen ist sie ausgezogen.«

Kallemann nickte.

»Und seitdem wohnst du hier. Hier in diesem Häuschen im Schrebergarten. Weil du es alleine in deiner alten Wohnung nicht mehr ausgehalten hast?«

»Ja, verdammt. Ich hätte nie gedacht, dass sie mir so fehlen wird.«

»Tja, das sieht nicht gut aus. Dann unternimm was!«

»Und was?«

»Sprich mit ihr.«

»Sie will aber nichts mehr von mir wissen. Das hat sie mir ganz klar gesagt. Das Leben an meiner Seite wäre nur noch schrecklich für sie gewesen. Verdammt. Ich weiß überhaupt nicht, wo sie jetzt wohnt.«

Kallemann liefen Tränen über das Gesicht. Er tat Tulpe wirklich leid. Der Alte ging zur Spüle und holte sich von dort ein Geschirrtuch. Er schnäuzte sich mehrmals und wischte sich mit dem Tuch über die Augen. Dann blickte er Tulpe an.

»Was soll ich denn nur machen?«

»Also einfach so rumheulen bringt jedenfalls nichts. Das ist eher kontraproduktiv.«

»Vielen Dank für deine Hilfe.«

»Einem Jammerlappen ist nicht zu helfen.«

»Wie bitte?«

»Ich wollte nicht Jammerlappen sagen, sondern wehleidiger und selbstmitleidiger Jammerlappen.«

Kallemann war entsetzt.

»Wie kann man nur so herzlos sein?«

»Ich bin nur klar und deutlich. Das ist oft der erste Schritt zur Besserung.«

»Du hast leicht reden. Oder warst du mal verheiratet?«

»Hunde heiraten nicht.«

»Du bist immer allein?«, fragte der Alte.

»Ich habe ja jetzt dich«, lachte Tulpe.

»Du hattest noch nie eine Partnerin?«

Tulpe nickte.

»Tja, das ist schade, aber es ist so. Nur hin und wieder ein kleiner Flirt war auch bei mir drin.«

Kallemann konnte gar nicht anders. Er musste lächeln.

»Du hast bestimmt jede Menge Chancen bei den Hundemädels, oder?«

»Ich bin ein Gentledog und schweige.«

Kallemann stupste Tulpe sanft gegen die Schnauze.

»Schön, dass du da bist.«

»Na ja, jetzt wollen wir mal nicht gleich zu sentimental werden.«

Kallemann legte sich längs auf das Sofa und deutete Tulpe an, er könne es sich auf seinem Bauch bequem machen.

»Und jetzt bin ich müde. Du nicht?«

Tulpe zögerte einen Moment. Doch dann kuschelte er sich auf Kallemanns dickem Bauch ein. Keine zwei Minuten später schliefen beide ein und schnarchten ansatzlos. Der eine ratterte als Dampflok durch den Wilden Westen, und der andere war als Fischerboot auf dem Mittelmeer unterwegs.

31

Als Kallemann am nächsten Morgen aufwachte, war Tulpe verschwunden. Den Hund hatte noch vor dem Morgengrauen ein süßer Duft geweckt. Es war der süße Duft aus einem Backofen. Was konnte es sein? Vielleicht ein frisch gebackener Apfelkuchen? Quarktaschen? Tulpe konnte gar nicht anders, als seiner Nase zu folgen. Dabei war seine Nase gar nicht so besonders gut. Schließlich war er mehr ein Gewissen als ein gewöhnlicher Hund. Aber für den verlockenden Duft an diesem Morgen reichte es.

Vor dem Haus hatte er festgestellt, dass der Duft vom Nachbargrundstück kam, von der Parzelle von Frau Blumenthal. Er schlich sich unter der Hecke hindurch nach nebenan und näherte sich vorsichtig dem Häuschen dort. Er spähte durch ein halb geöffnetes Fenster in die kleine Küche. Dann entdeckte er Blumenthal, die in der Küche herumhantierte. Er sah, dass sie einen fertigen Kuchen gerade aus der Backform auf einen runden Teller umkippte. Der Kuchen sah hochgradig köstlich aus. Tulpe lief das Wasser im Mund zusammen. Um besser sehen zu können, stieg er weiter hoch auf einen kleinen Fenstervorsprung. In einem winzigen Moment der Unachtsamkeit passierte es, und er rutschte ab. Er konnte sich nicht mehr halten und fiel nach unten, direkt in einen Wasserbottich, der unter dem Fenster stand. Mit einem großen Platschen landete er darin. Wasser spritzte auf und schoss wie kleine Fontänen in die Luft. Der Hund bellte vor Schreck laut und zugleich fiepsend auf. Panik und Angst durchströmten ihn, und er paddelte wild mit allen vieren.

Kurz darauf erschien Blumenthal in der Tür, ein Geschirrtuch über die Schulter geworfen. In der Hand hielt sie ein Gewehr. Als Tulpe das sah, fiepste er noch mehr und strampelte mit seinen Beinchen, so schnell er konnte. Dadurch wurde die Alte erst recht auf ihn aufmerksam.

»Na warte, Bürschchen. Jetzt hat dein letztes Stündlein geschlagen.«

Sie ging langsam, das Gewehr im Anschlag, auf den Bottich mit Tulpe darin zu. Ihre Augen verengten sich zu Sehschlitzen, und sie setzte ganz langsam das Gewehr an.

»Was hast du hier zu suchen?«

Tulpes Lage schien ausweglos. Frau Blumenthal entsicherte das Gewehr. Vor seinen Augen ratterten die Bilder seines Hundelebens entlang. Das war es dann wohl, dachte er sich. Die scheinbare Ausweglosigkeit ließ ihn immer hektischer mit allen vieren um sich schlagen. Die Wellen wurden höher. Mit seinem Rumgezappel brachte er schließlich den Bottich so ins Wanken, dass dieser umfiel. Das Wasser wurde ausgeschüttet, und mit ihm Tulpe. Er schüttelte sich und rannte so schnell er konnte Richtung rettende Hecke. Dabei schlug er ein paar Haken. Sicher ist sicher, dachte er sich. Denn ein Treffer würde ihm richtig wehtun. Schließlich hatte er es mit einem Satz ins Gebüsch geschafft. Kein Schuss war gefallen. Tulpe war völlig nass. Das war knapp, dachte er sich.

Als Kallemann kurze Zeit später die ersten Schritte des Tages auf die Veranda machte, blickte er sich um. Wo war Tulpe? Im Häuschen war er nicht gewesen. Als er ihn auch im Garten nicht entdecken konnte, rief er nach ihm.

»Tulpe! Tulpe, wo bist du?«

Doch der antwortete nicht. Stattdessen hörte Kallemann vom Zaun zum Nachbargrundstück eine keifende Stimme. Es war Frau Blumenthal.

»Gut, dass Sie da sind. Ich habe mit Ihnen ein Hühnchen zu rupfen.«

Ihr Kopf erschien über dem Zaun. Der Rest von ihr war mehr oder weniger verdeckt. Kallemann ging einen Schritt auf sie zu.

»Ich habe gar kein Hühnchen«, sagte er lächelnd.

»Jetzt hören Sie mir mal zu. Mir ist gar nicht nach Scherzen zumute. Haben Sie mich verstanden? Ihr Köter ist auf mein Grundstück eingedrungen. Und das dulde ich nicht!«

Kallemann ging ruhigen Schrittes bis zum Zaun, und die beiden standen sich Auge in Auge gegenüber. Er musterte Frau Blumenthal. Über einer geblümten Bluse trug sie eine helle Küchenschürze mit Streifen. Sie hatte sich eine kleine gelbe Blume über das rechte Ohr geklemmt. Ihre Haare hingen wild über und um den Kopf herum, aber sie waren nicht ungepflegt. Wenn sie nicht so ein unausstehlicher Charakter wäre, könnte man glatt mit ihr auskommen, dachte er sich. Er tippte sich an den nicht vorhandenen Hut. Der gestrige Tag und auch der Abend hatten ihn ziemlich mitgenommen. Er war einfach nicht auf Krawall gebürstet. Also sagte er mit freundlicher Miene: »Guten Morgen!«

Der Alten gefroren die Gesichtszüge. Sie wollte den morgendlichen Gruß keinesfalls erwidern.

»Das ist doch Ihr Köter. Dieses kleine hässliche hellbraune Etwas. Wenn ich ihn noch mal bei mir erwische, erschieße ich ihn.«

Kallemann blieb ruhig.

»Nein, das kann nicht meiner sein. Mein Hund heißt Tulpe. Er ist zwar hellbraun, aber sehr hübsch und klug.«

Frau Blumenthal lachte laut los.

»Tulpe?! Das ist doch kein Name für einen Hund. Nehmen Sie das Vieh besser an die Leine. Oder am besten sperren Sie ihn gleich ganz ein.«

Sie beugte sich zu Kallemann vor, sodass ein Stück von ihr über den Zaun ragte.

»Ich hasse all diese widerlichen Vierbeiner!«

»Ich liebe Tiere. Und vor allem Hunde.«

Als Kallemann sich das sagen hörte, war er selbst überrascht. Noch vor ein paar Tagen wäre ihm so ein Satz nicht über die Lippen gekommen. Dabei hatte er ihn durchaus ernst gemeint, auch wenn er für Blumenthals Ohren als reiner Widerspruch klingen musste.

Da hörte er aus dem Gebüsch ganz in der Nähe ein Niesen. Er schaute sich um und entdeckte den klitschklatschnassen Tulpe, der unter den Zweigen eines Haselnussstrauches bibberte und zu ihm hochsah. Tulpe gab ihm stumm zu verstehen, dass er ihn keinesfalls verraten durfte. Kallemann wunderte sich ein bisschen, was den nassen Hund ins grüne Dickicht verschlagen hatte, aber er sagte lieber nichts zu ihm. Vielmehr wandte er sich an seine Nachbarin.

»Wissen Sie, was Tulpe betrifft, kann er gar nicht bei Ihnen gewesen sein. Denn er war die ganze Zeit hier bei mir.«

Wieder musste Tulpe niesen. Dieses Mal um einiges lauter als beim letzten Mal. So laut, dass auch Blumenthal ihn hören konnte.

»Was war das? Das war er doch, oder?«, fragte sie.

»Was auf meinem Grundstück passiert, geht Sie gar nichts an. Sie bleiben schön auf Ihrer Seite.«

Auch Kallemann war nun um einiges lauter geworden.

Die Alte funkelte ihn an. »Wollen Sie mir drohen?!«, sagte sie mit eisiger Miene.

Kallemann wollte schon etwas darauf erwidern, wurde aber von Tulpe unterbrochen, der neben ihm flüsterte.

»Pass auf, die hat eine Knarre!«

Kallemann blickte überrascht und irritiert nach unten zu dem Hund.

»Unsinn, das bildest du dir nur ein«, sagte er leise.

»Doch. Ein Gewehr. Ich habe es mit eigenen Augen gesehen!«

»Das hast du dir eingebildet. Das war vielleicht eine Harke oder eine Schaufel.«

Er blickte zu Blumenthal, konnte aber kein Gewehr entdecken. Entweder hatte sie es abgelegt, oder der Hund hatte es sich nur eingebildet. Wahrscheinlich Letzteres, dachte sich Kallemann.

»Da ist kein Gewehr«, sagte er leise nach unten zu dem Hund.

Jetzt wurde die Nachbarin hellhörig.

»Mit wem reden Sie denn da? Sie reden doch da mit jemandem. Das höre ich genau.«

Kallemann überlegte einen Moment. Er wusste nicht so recht, was er sagen sollte. Dann spielte er mit einer Hand an den Blättern eines kleinen Olivenbaumes.

»Ich spreche mit meinem Olivenbaum«, sagte er. »Wir sind befreundet, schon seit vielen Jahren, und wir unterhalten uns hin und wieder ganz gerne.«

Blumenthal musterte ihn mit einer gehörigen Portion Skepsis, bevor sie etwas überraschend den Rückzug antrat.

»Hoffentlich ist das Bäumchen netter als sein Besitzer«, grummelte sie und verschwand in Richtung ihres Häuschens. Kallemann blickte ihr hinterher. Was er nicht wusste: Frau Blumenthal besaß selbst zwei Pflanzen, mit denen sie hin und wieder sprach. Eine Orchidee und einen Kaktus. Für sie war es also nichts Verwunderliches, dass jemand mit Pflanzen sprach. In ihrer Welt hatten auch Pflanzen eine Seele.

Als sie den Eingang zu ihrem Häuschen erreicht hatte, schaute sie noch mal zu Kallemann zurück. Sie sagte kein Wort mehr.

Zurück im Häuschen rubbelte Kallemann Tulpe so gut es ging trocken und föhnte das nasse Fell. Tulpe konnte Wasser nicht ausstehen. Er konnte im Übrigen auch nicht schwimmen. Aber das wollte er nicht zugeben, zumal das ja auch gerade nicht das Thema war. Schlimm genug, dass Kallemann bei dem Ausflug in die Stadt dahintergekommen war, dass er Höhenangst hatte. Zu viele Schwächen durfte ein Gewissen keinesfalls zeigen. Sonst würde er seine natürliche Autorität verlieren.

Während des Trockenvorgangs drehte sich das Gespräch der beiden weiterhin um das Gewehr von Frau Blumenthal.

Tulpe war außer sich.

»Ja glaubst du vielleicht, ich habe nicht mehr alle Muttern an der Schraube?«

»So will ich das nicht ausdrücken.«

»Aber du glaubst mir nicht, dass sie eine Knarre hat.«

»Ich glaube dir. Damit du endlich Ruhe gibst.«

»Das zählt nicht. Nur so zu tun, das zählt nicht. In Wirklichkeit hältst du mich für plemplem.«

Kallemann sah, dass er so nicht weiterkommen würde, und wechselte abrupt das Thema.

»Was will denn der Herr heute zum Frühstück?«

»Du willst das Thema wechseln«, sagte Tulpe blinzelnd.

Kallemann nickte und warf einen Blick auf die Wanduhr. Es war schon ziemlich spät. Er wollte möglichst bald zum Café aufbrechen und Lina abholen. Er hatte sich vorgenommen, mit dem Mädchen noch mal zu reden. Wegen gestern und überhaupt.

32

Kallemann saß mit Lina zusammen an einem Tisch im Garten des gut besuchten Cafés. Das Mädchen hockte auf der Vorderkante eines Stuhls und wippte vor und zurück. Sie musterte den Alten, ließ ihn nicht aus den Augen, während er sprach. Kallemann hatte beschlossen, ihr die ganze Wahrheit über die Wohnung und über Ellen und seine Ehe zu erzählen. Er beichtete ihr auch, dass sie ihn vor einem Jahr verlassen hatte. So etwas wäre ihm vor Kurzem keinesfalls in den Sinn gekommen. Aber das Leben änderte sich, wenn einem sein vierbeiniges Gewissen auf den Fersen war.

So breitete Kallemann nach und nach die wesentlichen Stellen seines Lebens in den letzten Jahren vor ihr aus. Schließlich war er fertig, und er war erleichtert, dass er Lina alles von der Leber weg erzählt hatte. Er war selbst überrascht, wie leicht ihm das gefallen war. Aber er dachte, das Beste wäre, Lina wie eine Erwachsene zu behandeln. Lina hatte ihm die ganze Zeit ruhig zugehört. Sie mochte, dass er sich bei ihr entschuldigt hatte. Aber in einem Punkt kamen die beiden nicht überein. Lina fand, dass sie auf jeden Fall zusammen in der alten Wohnung nach dem Rechten sehen sollten.

Doch Kallemann wollte das nicht. Er konnte es sich überhaupt nicht vorstellen, die Wohnung jemals wieder zu betreten.

Angela war kurzfristig aus dem Krankenhaus gekommen, wenn auch weniger offiziell. Sie hatte sich hinter dem Rücken der Ärzte davongeschlichen und humpelte an Krücken zwischen den Stühlen und Tischen hin und her. Meike war es gar nicht recht, dass ihre Schwester da war. Erstens sollte sie sich besser schonen. Zudem fühlte Meike sich kontrolliert. Das wollte sie Angela gegenüber so nicht sagen. Aber die Stimmung war leicht angespannt. Angela konnte nicht so einfach loslassen.

Kallemann, Lina und Tulpe beschlossen, lieber das Weite zu suchen. Der Alte hatte vorgeschlagen, dass man heute mal zusammen den Zoo besuchen könnte. Tulpe fand, wie er Kallemann unbemerkt sagte, dass es in einem Zoo viel zu viele Tiere gäbe. Die würden ihn nur blöd anglotzen, wenn er als Besucher auftauchte. Auch Lina war weniger begeistert. Sie liebte im Allgemeinen Besuche im Zoo, aber für diesen Tag hatte sie einen anderen Plan. Sie hatte sich alles genau überlegt, sie wusste nur noch nicht, wie sie vorgehen konnte. Sie musste den alten Mann zu etwas überreden, was dieser nicht wollte.

Als sie sich zu dritt auf den Weg in die Stadt aufmachten, dachte Lina nach. Leider war sie völlig auf sich allein gestellt. Mit wem hätte sie auch reden sollen? Sie müsste selbst auf eine Lösung kommen. So viel war ihr klar. Und plötzlich hatte sie eine Idee.

Eine halbe Stunde später standen die drei vor dem Mietshaus, in dem sich Kallemanns alte Wohnung befand. Der Alte schaute nachdenklich nach oben. Lina beobachtete ihn, seine Miene war ernst und ein Stück traurig, wie sie bemerkte. Während Kallemann stumm schaute, redete sie auf ihn ein. Tulpe hörte zu. Er war vor allem froh, dass ihm der Ausflug in den Zoo erspart geblieben war.

»Aber wirklich, Herr Kallemann. Das ist bei diesem Nachbarn von uns damals so gewesen«, sagte Lina mit betont sorgenvoller Stimme.

Der Alte schaute sie skeptisch an. Er neigte den Kopf hin und her. Wie ein Busch im Wind sah das aus.

»Dieser Nachbar damals war ein Jahr auf Reisen. Und als er wiederkam, stand alles unter Wasser.«

»Die ganze Wohnung stand unter Wasser?«

»Ja, klar doch. Und auch die Wohnung darunter. Und auch die daneben.«

Kallemann stutzte. »Auch die daneben?«

Lina zögerte einen Moment.

»Das weiß ich nicht mehr so genau. Aber die sicherlich auch.«

»Und dann?«, fragte Kallemann nach.

»Dann musste der arme Mann ins Gefängnis. Obwohl er doch gar nichts getan hatte. Besser gesagt, *weil* er gar nichts getan hatte.«

Kallemann konnte sich ein Grinsen nur schwer verkneifen, was Lina allerdings nicht bemerkte. Zu sehr war sie damit beschäftigt, die richtigen Worte zu finden.

»Denn als Mieter muss man immer nachschauen, dass

alles in Ordnung ist. Und wenn es zum Beispiel einen Wasserrohrbruch gibt, muss man den rechtzeitig entdecken«, legte sie nach.

»Ist das so?«, fragte Kallemann.

Lina nickte heftig. Kallemann musste schmunzeln. Dann legte er für einen Moment seinen Arm um ihre Schultern.

»Ich glaube dir kein Wort, kleines Fräulein. Aber … ich lasse mich gerne überzeugen. Wir schauen in die Wohnung, nur kurz, und dann wieder raus. Das machen wir. Okay?«

Während Kallemann kurz nach Hause fahren wollte, um den Schlüssel zu holen, blieben die beiden in einem Eiscafé in der Nähe der Wohnung. Lina musste dem Alten versprechen, das Café auf keinen Fall zu verlassen. Dafür lud er sie auf ein Eis ein. Lina entschied sich für ein kleines Spaghettieis. Tulpe bekam den Familienbecher in einem Napf serviert, allerdings ohne Früchte, dafür mit extra Sahne. Es dauerte keine Stunde, bis Kallemann wieder zurück war. In der Hand hielt er den Schlüssel, den er ein Jahr nicht mehr benutzt hatte. Aber er war inzwischen wieder unsicher geworden, ob er hineinschauen wollte.

»Ich weiß wirklich nicht, ob wir das machen sollen.«

»Aber ich«, sagte Lina.

Keine zehn Minuten später gingen sie zu dritt langsam über die Straße auf das Mietshaus zu. Auch wenn Kallemanns Beine wackelig waren, so wusste er, dass es jetzt kein Zurück mehr für ihn gab. Schließlich standen sie auf dem Bürgersteig direkt vor dem Gebäude. Im Erdgeschoss des Hauses befanden sich zwei Geschäfte. Auf der linken Seite ein kleiner Friseur, rechts neben dem Eingang ein Blumenladen. Ein paar Schnittblumen standen in Eimern direkt vor dem Schaufenster. Neben vielen Tulpen gab es auch Rosen in unterschiedlichen Farben.

»Das ist wirklich ein netter kleiner Laden«, meinte Lina.

»Ja. Ellen hat auch sehr gerne dort eingekauft. Der Besitzer heißt Ole. Ein freundlicher Kerl. Ellen hat vor allem Rosen gekauft. Sie liebte Rosen.«

»Und Sie?«, fragte Lina.

»Ich mag Tulpen. Aber keine Rosen.«

»Aber warum nicht?«

»Da reden wir ein anderes Mal drüber.«

Lina fasste ihn am Arm.

»Sie haben recht. Genug geredet, jetzt wollen wir endlich mal reingehen.«

Kallemann holte tief Luft, zog den Schlüssel aus der Tasche seiner Latzhose und sperrte die Haustür des Mietshauses auf. Die drei gingen hintereinander hinein. Erst Tulpe, gefolgt von Lina, Kallemann am Schluss. Gerade als die Tür hinter ihnen ins Schloss gefallen war, hörten sie, wie sich im Treppenhaus von oben jemand näherte. Fast panisch drückte Kallemann das Mädchen und Tulpe in eine Ecke unter einen engen Treppenvorsprung.

»Was ist denn? Wir dürfen doch hier sein«, sagte sie.

»Ja schon. Ich will aber nicht, dass mich jemand sieht.«

»Warum denn nicht? Vielleicht freut sich derjenige, wenn Sie endlich mal wieder auftauchen.«

»Das glaube ich nicht. Ich habe keine Freunde hier im Haus. Außerdem muss ich dann reden und erzählen. Irgendwas erklären. Das will ich nicht«, flüsterte Kallemann so leise wie möglich.

Die Schritte hielten plötzlich an, und man konnte nichts mehr hören. Kallemann hatte Angst, dass derjenige sie entdeckt haben könnte. Doch kurz darauf hörte man das Geräusch eines Briefkastens, der geöffnet und wieder geschlossen wurde. Schließlich suchten die Schritte den Weg nach draußen. Kallemann atmete auf.

Die drei beeilten sich, in den ersten Stock zu gelangen. Selbst der dickliche Alte sprang die Treppen behände hinauf. Nicht, dass ihnen doch noch jemand begegnete. Oben angekommen, hielten sie vor einer Wohnungstür. Neben der Klingel konnte man nur schlecht den Namen »Kallemann« lesen. Das Schild musste dringend mal wieder poliert werden. Kallemanns Hände zitterten, als er den Schlüssel ins Schloss steckte. Es war zweimal abgeschlossen. Schließlich ließ sich die Tür mit einem leisen Quietschen öffnen. Alle drei starrten in den dunklen Flur.

33

Aus der Dunkelheit des Raumes vor ihnen strömte ihnen ein leicht muffiger Geruch entgegen. Tulpe schüttelte den Kopf.

Lina blickte fragend zu Kallemann, der wie angewurzelt auf der Fußmatte verharrte.

»Wollen wir nicht reingehen?«

Seine Miene blieb starr. Er bewegte sich keinen Zentimeter von der Stelle.

»Hier ist kein Wasser. Ich sehe nichts. Wasserschaden?! So ein Unsinn! Wir können wieder gehen«, sagte er tonlos, aber bestimmt.

Lina zupfte ihn am Ärmel.

»Auf keinen Fall gehen wir wieder. Wir sind schließlich gerade erst gekommen. Wo ist denn hier überhaupt der Lichtschalter?«

Kallemann hatte der Entschlossenheit des Mädchens nichts entgegenzusetzen. Sie bugsierte ihn, zart, aber bestimmt, vorwärts. Er trat ein paar Schritte in den dunklen Flur und tastete mit zittrigen Händen nach dem Lichtschalter. Schließlich hatte er ihn gefunden und drehte ihn um. Es wurde hell, und die drei blickten in einen weißen, kahlen Flur, in dem einige Dinge wie Kisten, aber auch leere Flaschen und Stapel von Zeitungspapier herumlagen. Kallemann schaute Lina fragend, fast flehentlich an. Sie verstand sofort, was seine stummen Blicke sagen wollten.

»Keinesfalls. Wir bleiben hier«, sagte sie bestimmt zu dem Alten, während Tulpe an ihnen vorbeischlüpfte. Er fand, es sollte jetzt mal wirklich etwas passieren. Zeit zum Handeln, und er begab sich auf seine eigene Erkundungstour.

Die alles in allem nicht sehr große Altbauwohnung war wirklich unaufgeräumt. So lagen vereinzelt Kleidungsstücke herum, ein paar Schuhe häuften sich zu einem kleinen Berg in einer Ecke. In der Küche war das Geschirr zwar abgespült, stapelte sich aber neben der Spüle. Was Lina vor allem sofort auffiel: In der ganzen Wohnung waren fast keine Möbel zu sehen. Es gab nur einen kleinen Tisch mit zwei Stühlen in der Küche und ein großes Bett im Schlafzimmer. Die beiden Federbetten waren mit karierter, bunter Wäsche bezogen. In allen Räumen konnte man an den Wänden große rechteckige, helle Flecken entdecken. Es waren Stellen, an denen früher einmal Bilder gehangen haben mussten.

Linas Neugierde war sehr groß, und sie war sofort einmal durch alle Räume gewandert und dabei Tulpe begegnet, der ebenfalls seine eigenen Kreise drehte. Schließlich war sie zu Kallemann zurückgekommen und hatte sich neben ihn gestellt. Sie nahm seine rechte Hand und schaute ihn lange an. Der Alte war sichtlich durchgeschüttelt, aber viel zu geschafft, um seinen Gefühlen freien Lauf zu lassen.

Lina knuffte ihn in die Seite.

»Ich finde, hier ist einiges zu tun«, meinte sie entschlossen.

Kallemann durchzuckte es.

»Wie? Was meinst du? Was soll das heißen? Hier ist einiges zu tun?«

»Also so richtig gemütlich ist es nicht hier drin. Oder wollen Sie das etwa behaupten?«

»Ich will gar nichts behaupten. Ich will, dass wir jetzt wieder gehen. Und zwar sofort.«

»Wo sind denn die ganzen Möbel hin?«

Der Alte sagte daraufhin nichts.

»Sind die bei Ihrer Frau?«

Kallemann brummte etwas, das Lina als »Ja« verstehen konnte. »Wir gehen jetzt«, kam es ihm harsch über die Lippen.

»Aber …«, wollte sie einwenden.

Doch Kallemann unterbrach sie mit lauter Stimme.

»Wir hatten gesagt, wir schauen, ob es vielleicht einen Wasserschaden gibt. Es gibt keinen. Oder hast du vielleicht etwas entdeckt?«

»Nein«, gab Lina kleinlaut zu.

»Na siehst du. Und nur deswegen sind wir hier. Das war es dann auch.«

»Aber …«, ließ Lina nicht locker.

»Nichts *aber*. Misch dich nicht in mein Leben. Das geht dich alles gar nichts an. Wir hätten überhaupt nicht herkommen dürfen. Das allein war schon ein großer Fehler.«

Kallemann schäumte. Es war eine Mischung aus innerer Verzweiflung, Wut und Ärger. Er ärgerte sich über seine Frau, über Lina, über Tulpe, über die ganze Welt. Vor allem ärgerte er sich aber über sich selbst. Er hätte aus der Haut fahren können, aber das war es ja: Er konnte nicht aus seiner Haut. Lina fand, dass er überreagierte, und sie fühlte sich schlecht von ihm behandelt. Die Stimmung zwischen ihnen beiden war im Keller. Sie sah ein, dass mit dem Alten im Augenblick nicht zu reden war. Aber wo war eigentlich Tulpe? Als sie sich wortlos auf die Suche nach dem Hund machen wollte, kam dieser plötzlich um die Ecke getrottet. Auf seiner kleinen Tour hatte er etwas entdeckt. In seiner Schnauze trug er an einem Bändchen hängend einen kleinen Pappkarton mit allerlei Fotos und Erinnerungsstücken darin. Er stellte die Kiste vor Kallemanns Füßen ab. Dieser bückte sich.

»Wo ist denn die Kiste her?«, fragte er sichtlich ergriffen. Er begann zuerst etwas zögerlich, dann zunehmend neugierig in dem Karton herumzukramen. Er kniete dabei auf dem Boden und holte verschiedene Fotos hervor, die meist ihn und seine Frau zeigten. In der Stadt, irgendwo auf dem Land, im Urlaub, auf einem Boot.

Lina linste ihm über die Schulter.

»Ist das Ihre Frau?«, fragte sie leise.

Kallemann brachte kein Wort heraus, sondern nickte nur.

»Die sieht aber freundlich aus«, meinte sie.

Kallemann nickte abermals. Er schluckte. In seinem Hals bildete sich ein dicker Kloß, so groß wie ein Tennisball. Er verharrte vor den Fotos, die er nach und nach um sich herum auf dem Fußboden verteilte. Sicherlich um die zwanzig Fotos lagen schließlich ungeordnet herum. Bilder, Puzzle einer menschlichen Vergangenheit. Versonnen fasste Kallemann mal das eine Foto an, dann ein anderes. Oder er berührte sie nur zärtlich, fast so, als wollte er die abgebildeten Menschen streicheln. Lina wie Tulpe beobachteten leicht gerührt das Schauspiel.

Doch dann, mit einem Mal, stand Kallemann entschlossen auf und ging hinaus. Noch im Gehen machte er das Licht im Wohnzimmer aus. Es wurde schlagartig dunkel.

»Wir gehen!«, hörten sie ihn sagen. Er drehte auch im Flur den Lichtschalter um. Nun war es in der ganzen Wohnung dunkel. Kallemann stand auf der Türschwelle und rief:

»Lina. Entweder du kommst jetzt mit raus, oder ich sperre dich und Tulpe ein. Ich habe keine Lust, den ganzen Tag zu warten. Wir waren hier. Und jetzt ist es auch gut.«

Auf dem Weg durch die Stadt zurück zum Café trotteten die drei nebeneinanderher, ohne sich zu unterhalten. Kein Wort wurde gewechselt. Kallemann war vom Erlebten sichtlich erschlagen, während Lina vergeblich nachdachte und nach einer Möglichkeit suchte, den Alten doch noch umzustimmen. Es wäre toll, wenn er wieder in seine alte Wohnung ziehen würde. Außerdem würde es bestimmt Spaß machen, zu dritt die Bude wieder auf Vordermann zu bringen. Aber die Stimmung blieb schlecht, bis sie gemeinsam das Café erreicht hatten. Meike schloss ihre Tochter glücklich in die Arme. Irgendwie hatte sie immer die leichte Sorge, dass etwas passieren könnte, wenn sie nicht selbst dabei war.

34

Am Abend gab es in der Wohngemeinschaft von Kallemann und Tulpe Ravioli aus der Dose. Tulpe meinte zwar, dass es dem Alten nicht schaden könnte, mal richtig kochen zu lernen. Doch Kallemann ließ sich im Moment diesbezüglich auf keinerlei Diskussionen ein. Er habe kein schlechtes Gewissen, wenn er nicht kochen könnte, meinte er trotzig. Es hätte schon viele auch bedeutende Menschen gegeben, die nicht kochen könnten. Und da sei er einfach einer von denen, wenn auch eben nicht so bedeutend.

Also blieb es bei der Dosen-Pasta. Wobei diese mit ordentlich Käse drauf gar nicht so übel schmeckte. Danach, bei Tiramisu aus der großen Tiefkühlpackung, lümmelten die beiden nebeneinander auf dem Sofa. Kallemann sagte weiterhin kein Wort und schaute nur zum Fernseher. Doch der starre Blick des Hundes, der ihn nicht aus den Augen ließ, nervte ihn. Schließlich wurde es ihm zu bunt.

»Was ist?«, brummte er.

»Also wenn du mich fragst, ich finde, die Kleine hat recht. Du solltest deine alte Wohnung endlich wieder auf Vordermann bringen. Mein Gott, nach einem Jahr!«

»Dich fragt aber keiner.«

Tulpe knurrte leise. »Mal schön langsam, Freundchen. Du hast mich gerade gefragt, was ist. Und ich habe dir gesagt: Das ist. Capito?«

»Du gehst mir auf die Nerven. Wenn ich da einziehen würde, würde ich jeden Tag an Ellen erinnert werden. Das will ich nicht.«

Tulpe legte seine Hundestirn in tiefe Falten.

»Weil du dich nicht daran erinnern willst, warum sie dich verlassen hat. Logo, kann ich verstehen.«

»Müssen wir immer in meiner Vergangenheit kramen?«, brummte Kallemann.

»Aber sicher. Das ist es doch. Du hast dich deiner Frau gegenüber richtig, ich entschuldige mich für den Ausdruck, du hast dich richtig … scheiße verhalten.«

»Wie bitte?«, ereiferte sich Kallemann.

»Ich weiß. Scheiße sagt man nicht. Das gilt aber nur für dich«, sagte Tulpe frech. Er legte Kallemann gegenüber nach. »Ständig hast du an ihr rumgemeckert. Deine schlechte Laune hast du an ihr ausgelassen. Und vor allem …«

Tulpe machte eine längere Pause. Kallemann starrte ihn mit großen Augen an.

»Was ist denn noch?«

»Du hast ihr nicht einen Zentimeter im Schrebergarten abgegeben. Du weißt, dass Ellen Rosen über alles liebte. Aber sie durfte hier keinen einzigen Rosenstrauch pflanzen.«

»Ich mag keine Rosen.«

»Aber sie.«

»Aber ich nicht.«

»Das ist kein Argument. Und wenn, dann nur für einen egozentrischen Mistkerl.«

»Ach, da sind wir wieder beim Thema. Das kannst du gut. Immer nur an mir rummeckern.«

»Entschuldigung bitte. Aber wenn du auch nur einen Hauch von Erinnerungsvermögen hättest, könntest du dich daran erinnern, dass ich dich in letzter Zeit sehr wohl gelobt habe.«

»Vielen Dank dafür. Aber das spielt gerade keine Rolle.«

»Wie auch die Wünsche deiner Frau damals keine Rolle gespielt haben.«

»Sind wir dann fertig? Mit dem Ziel, Kallemann fertigzumachen?«

»Wie kann ein einzelner Mensch immer nur an sich denken? Das war bei dir schon immer so, und das ist leider heute noch so.«

»Das ist nicht wahr. Das ist unfair«, meinte Kallemann schniefend.

»Du hängst hier rum wie ein Elendshäufchen. Das Einzige, was du gut kannst, ist, dich selbst zu bemitleiden. Du bist eine richtige Heulsuse.«

Kallemann starrte Tulpe fassungslos an.

»Heulsuse. Heulsuse!«, wiederholte der Hund.

»Ich lasse mir diesen Ton nicht bieten. Hör auf!«

Tulpe lachte aus vollem Hals.

»Du willst deinem eigenen Gewissen den Mund verbieten. Das ist ja mal eine grandiose Idee.«

Kallemann machte mit seiner Hand eine Scheibenwischerbewegung. »Deine Aufgabe ist es sicher nicht, mich ständig fertigzumachen.«

Tulpe blieb ganz ruhig.

»Meine Aufgabe ist, dich auf den rechten Weg zu bringen. Da gehört ein klares Wort hin und wieder mit dazu.«

Kallemann wusste jetzt nicht mehr, was er darauf erwidern sollte.

Tulpe legte nach. »Und ein ganz anderer Punkt: Hier in deinem Schrebergartenhäuschen gibt es ja nicht mal eine richtige Heizung. Ich glaube, ich muss dich nicht an den letzten Winter erinnern, oder?«

»Wie kommst du jetzt auf Winter?«

»Weil bald Herbst ist, und nach dem Herbst kommt der Winter. Da wird es nicht gerade wärmer.«

»Stimmt. Letzten Winter habe ich mir mächtig den Arsch abgefroren.«

»*Arsch* darfst du von mir aus sagen. Vor allem, wenn du von deinem eigenen redest«, meinte Tulpe trocken. Er hatte damit, wie so oft zwischen den beiden, das letzte Wort.

35

Lina hatte die letzte Nacht nicht sehr gut geschlafen. Beim Einschlafen hatte sie darüber nachgedacht, wie sie Kallemann doch noch umstimmen könnte. Sie hatte das unbestimmte Gefühl, dass es ihm guttun würde, in seinem Leben aufzuräumen, etwas zu tun. Allerdings hatte sich der Alte überaus stur und auch nicht sehr nett verhalten. Sie brauchte lange, um einzuschlafen, und auch ihre Träume waren wirr und ließen ihr keinen ruhigen Schlaf.

Am nächsten Morgen war sie ziemlich verwirrt und durcheinander. Auch Meike merkte, dass mit ihrer Tochter irgendwas nicht stimmte. Aber sie wollte nicht nachfragen, zumal sie mit ihren eigenen Gedanken beschäftigt war. Bei so einem Café standen jeden Tag neue Aufgaben vor der Tür, und es gab immer wieder unerwartete Herausforderungen.

Umso überraschter und erfreuter war Lina, als Kallemann und Tulpe im Café erschienen. Der Alte erklärte ihr ohne Umschweife, dass er nachgedacht habe. Er habe seine Meinung geändert. Er finde ihren Vorschlag inzwischen ganz gut, die Wohnung mal wieder auf Vordermann zu bringen.

Das könne nicht schaden. Lina war begeistert, und sofort wurden Pläne gemacht, was als Erstes zu tun sei. Sie setzte sich mit dem Vorschlag durch, dass die Wände und auch die Decken auf jeden Fall neu gestrichen werden müssten. Kallemann stimmte dem zu. Allerdings wehrte er sich vehement gegen die Idee von Rosa als vorherrschende Farbe. Es blieb bei Weiß. Er war schließlich ein älterer Mann und keine junge Prinzessin.

Während Kallemann und Tulpe gemeinsam zum Baumarkt fuhren, um alle nötigen Dinge zu besorgen, wollte Lina alleine in der Wohnung bleiben. Zur Vorbereitung, wie sie zur Verwunderung der beiden anderen sagte. In Wahrheit verfolgte sie einen eigenen Plan. Dieser Plan hatte etwas mit dem Blumenhändler namens Ole aus dem Erdgeschoss zu tun.

Ole war ein mittelalter Mann, mit langen, schon leicht grauen Haaren, die er sich zu einem Zopf gebunden hatte. Lina fand insgeheim, dass das etwas komisch aussah. Aber das würde sie ihm nie sagen. Vielmehr kam sie sofort auf das Thema zu sprechen, das sie besonders interessierte. Der Blumenhändler stand mit freundlich zwinkernden Augen dem Mädchen gegenüber und blickte es fragend an.

»Bitte, was willst du wissen?«

Lina zögerte nicht lange.

»Ich muss wissen, wo Frau Kallemann wohnt.«

»Und warum willst du das wissen?«, meinte Ole und kniff die Augen leicht zusammen.

»Das kann ich nicht sagen.«

»Verstehe ich das richtig? Du willst etwas wissen, aber willst mir nicht sagen, warum?«, meinte Ole mit einem leichten Grinsen.

Lina überlegte einen Moment. Dann nickte sie. »Korrekt.«

»Und warum sollte ich das tun?«

»Weil Sie ein netter Mensch sind.«

Ole musste immer mehr grinsen.

»Vielleicht bin ich gar nicht nett, sondern ein Ekel.«

»Das glaube ich nicht.«

»Und wie kommst du darauf?«

Lina überlegte. Schließlich sagte sie ein Wort, das sie mal bei ihrer Mutter aufgeschnappt hatte. »Lebenserfahrung.«

Jetzt konnte Ole nicht mehr anders, als herzlich loszulachen, und sein Zopf wippte auf und ab.

»Also das überzeugt mich«, sagte er.

Auch Lina musste lachen.

»Mir ist halt nichts anderes eingefallen«, meinte sie.

»Okay«, meinte Ole. »Aber ich kann dir leider so oder so nicht weiterhelfen. Ich weiß es einfach nicht.«

Lina war nicht überzeugt. »Das glaube ich nicht.«

»Hoppala. Warum nicht?«

»Weil …« Sie überlegte.

Ole sprang ihr bei. »Weil du denkst, ich will dir ihre Adresse nicht geben, weil Frau Kallemann das nicht will? Weil sie keinen Kontakt mehr zu ihrem Mann will?«

»Das ist immerhin möglich.«

Ole spielte mit seinem Zopf und drehte die Haare zwischen seinen Fingern.

»Aber ich weiß es wirklich nicht. Tut mir leid.«

Lina nahm ein Stückchen Papier vom Schreibtisch in dem Blumenladen und schrieb darauf ihre Telefonnummer.

»Okay, aber eine Bitte habe ich. Wenn Sie irgendwas in Erfahrung bringen sollten, dann rufen Sie mich bitte sofort an«, sagte sie bestimmt.

Sie versuchte zudem, ihrer Stimme einen tieferen Klang zu geben. Sie hatte so einen Satz mal im Fernsehen gehört. In einem Krimi mit einem Kommissar und einem Zeugen.

36

Kallemann und Tulpe kamen kurze Zeit später voll beladen vom Baumarkt zurück, und er und Lina stürzten sich in die Arbeit. Ihr machte das Arbeiten mit der großen Farbrolle sehr viel Spaß, auch wenn es echt anstrengend war. Zudem merkte sie bald ihren Schlafmangel der letzten Nacht. So kam es, dass sie am Nachmittag wortwörtlich den Pinsel abgab und sich nur mal eben so auf das Sofa legte. Nur kurz, meinte sie noch. Doch dann schlief sie schon tief und fest ein. Bald landete sie in einem bunten Reich der Träume. Die Welt um sie herum war wie in einem Urwald mit mächtigen, hohen Bäumen, mit unheimlichen Schlingpflanzen und allerlei Tieren, kleinen wie großen. Lina gruselte es ein wenig, aber es war auch schön und geheimnisvoll. Sie folgte einem engen Pfad, der sie nach einiger Zeit zu einem Wasserfall führte. Das Wasser fiel aus schwindelerregender Höhe in ein rundes Naturbecken. Es war ein herrliches Schauspiel. Plötzlich hörte das Wasser auf zu fließen, und es wurde schlagartig ganz still. In diese Stille hinein konnte sie eine laute Stimme vernehmen. Erst konnte sie die Stimme nicht erkennen, aber dann war es ihr klar. Es war Kallemanns Stimme. Aber sie konnte nicht verstehen, mit wem er sich unterhielt. Ein wahrlich seltsamer Traum schien das zu sein.

Tulpe lag in einer Ecke des Badezimmers auf einem flauschigen Vorleger. Er knabberte an einigen gebrannten Mandeln aus einer großen Tüte, die sie von ihrer Einkaufstour im Baumarkt mitgebracht hatten. Es hatte dort auf dem Parkplatz einen kleinen Verkaufswagen dafür gegeben. Kallemann wollte sich ein paar der süßen Nüsse von Tulpe stibitzen. Doch dieser weigerte sich, auch nur eine einzige abzugeben. Immerhin hatte Kallemann eine eigene Tüte gehabt, aber diese bereits komplett verdrückt. Auch das wolle gelernt sein – sich die Dinge einzuteilen, meinte der Hund leise, aber bestimmt. Kallemann verzog mürrisch das Gesicht und ließ dabei Wasser in einen Eimer laufen. In diesem Moment rauschte auch das Wasser in Linas Traum wieder in die Tiefe. Tulpe schmatzte und leckte sich mit der Zunge über die Lippen. Kallemann blickte mürrisch.

»Schmeckt's?«, meinte er leicht genervt.

»Nein, überhaupt nicht«, antwortete Tulpe und schob seine Schnauze tief in die Tüte. Er knabberte laut.

»Du Armer. Du musst etwas fressen, was dir nicht schmeckt«, spöttelte ein sichtlich angefressener Kallemann.

»Na ja, der Hunger treibt es rein«, sagte Tulpe mit vollem Mund.

»Ich an deiner Stelle würde jedenfalls dem anderen etwas abgeben.«

»Oh ja, wer das glaubt.«

Der Alte legte die Rolle zur Seite und stemmte die Arme in die Hüfte.

»Ich finde, du könntest mich endlich auch einmal richtig loben.«

»Schon wieder das Thema. So etwas kann man nicht einfordern, Kallemann. Ganz abgesehen davon … das habe ich doch schon getan.«

»Ich meine, so richtig loben.«

»Wofür?«

»Dass ich schon ein besserer Mensch geworden bin.«

»Bist du das denn?«

»Hallo?! Wer steht denn hier und rackert und ackert. Außerdem habe ich schon lange nicht mehr gemeckert oder geschimpft. Und für Kraftausdrücke bist neuerdings vor allem du zuständig.«

»Und wie war das vorhin mit der Kundin an der Kasse am Baumarkt, die nach passendem Kleingeld gesucht hat? Ich hatte da aus deinem Mund so etwas wie ›Penn nicht ein, Omi‹ gehört. Oder etwa nicht?«

Kallemann wusste, dass Tulpe recht hatte. Er wollte lieber nichts weiter dazu sagen. Warum hatte der Vierbeiner auch immer noch ein Argument in der Tasche?

Plötzlich lachte Tulpe frei heraus.

»Aber mal ganz ehrlich. So ganz unrecht hattest du nicht. Die Gute hat schon ewig gebraucht. Doch …« Er machte eine längere Pause. »Du hättest es auch netter sagen können.«

Kallemann wurde leicht unwirsch und knetete mit seinen Händen herum.

»Du bist auch nie zufrieden. Egal, was ich sage und tue.«

Tulpe sah ihn lange und ernst an.

»Ich finde, du bist auf dem rechten Weg. Gratuliere.«

»Wie bitte?«, glaubte Kallemann seinen eigenen Ohren nicht zu trauen.

»Ich als dein Gewissen kann dir sagen, dass meine Arbeit hier bald erledigt sein wird. Dann gibt es mich zwar noch, aber du siehst und hörst nichts mehr von mir.«

Kallemann schluckte. Ihm wurde ganz schwummrig. Tulpe entging das natürlich nicht.

»Noch ist es nicht so weit. Aber wenn es so weit ist, dann bin ich eben irgendwie wieder weg. Verschwunden.«

»Wie?«

»Das habe ich dir doch schon mal gesagt. Du kommst dann in Zukunft auch ohne mich gut zurecht.«

Kallemann schluckte. Da merkte er, dass jemand in der Tür zum Badezimmer stand. Es war Lina, die im Türrahmen verharrte und Kallemann, aber auch Tulpe wortlos anstarrte. Der Hund und der Alte wechselten einen hektischen Blick.

»Wie lange stehst du denn schon da?«, fragte Kallemann.

Alle drei waren für mehrere Momente wie versteinert. Kallemann und Tulpe hatten einfach nicht damit gerechnet, dass Lina so schnell wieder aufwacht und sie belauscht. Schließlich war es das Mädchen, das zuerst den Mund aufmachte und sich an Kallemann wandte.

»Sie haben mich angelogen«, sagte sie leise.

Die Enttäuschung konnte man aus ihrer Stimme klar heraushören.

Kallemann räusperte sich.

»Es ist nicht so, wie du denkst.«

»Aber Sie haben doch mit jemandem gesprochen, oder etwa nicht?«

»Na ja.« Kallemann überlegte, wie er die Situation auffangen könnte.

»Sie haben gesagt, man kann nicht mit Tieren sprechen. Und Sie können es doch. Sie haben gelogen.«

Kallemann und Tulpe wechselten einen hektischen Blick. Der Hund spürte nun in seinem Magen die Mandeln, die heftig rumorten.

Kallemann klopfte sich gegen die Stirn.

»Du glaubst, ich habe mit Tulpe gesprochen?«

Er lachte laut los. Aber dieses Lachen war künstlich, einen Tick unehrlich. Das war auch Lina nicht entgangen.

»Das ist doch Unsinn«, sagte er.

»Mit wem haben Sie denn dann gesprochen? Ich sehe hier niemanden sonst.«

Kallemann kam ins Straucheln und ins Stottern.

»Ich habe mit mir Selbstgespräche geführt. Du weißt doch, was Selbstgespräche sind?«

»Natürlich weiß ich das. Ich bin ja nicht blöd. Meine Oma macht das auch hin und wieder.«

Eine gewisse Erleichterung machte sich in Kallemann breit, während Tulpe die Situation sichtlich unangenehm war. Er wusste überhaupt nicht mehr, wohin er blicken, seine Schnauze richten sollte.

»Also wenn du das von deiner Oma her kennst, dann weißt du doch, was ich meine.«

Lina blickte ihn skeptisch und trotzig an.

»Das klingt aber komisch, wenn Sie Selbstgespräche führen. Irgendwie echt komisch. Ich geh jetzt nach Hause. Ihr zwei könnt ja gerne alleine weitermachen. Ich habe keine Lust mehr. Tschüss!«

Damit verschwand sie aus dem Türrahmen. Kallemann und auch Tulpe waren zu überrascht, um sofort reagieren zu können. Erst als sie die Wohnungstür ins Schloss fallen hörten, begriffen sie wirklich, dass Lina gerade gegangen war. Die beiden rannten los, dem Mädchen hinterher. Dabei wollte jeder von ihnen zuerst durch die Badezimmertür schlüpfen, sodass sie zusammen darin stecken blieben.

»Herrschaft, jetzt lass mich mal.«

»Wie denn, wenn du dich so breit machst!«

»Hallo. Ich bin nicht so breit, Dickerchen, sondern du!«

Erst nach einigen Verrenkungen gelang es den beiden, sich aus der Zwangslage zu befreien.

37

Lina war inzwischen schon ein ganzes Stück die Straße hinuntergeeilt. Sie hatte sich im Gehen immer mal wieder umgeschaut, doch Kallemann war ihr offenbar nicht gefolgt. Erst als sie kurz davor war, in eine Straßenbahn einzusteigen, kamen Hund wie Mensch angehetzt. Lina zögerte, bevor sie stehen blieb. Kallemann hatte ihr schon über eine größere Entfernung aus vollem Hals zugerufen:

»Lina, jetzt warte mal. Ich kann nicht schneller.«

An der Haltestelle standen etliche Menschen herum. Es waren entschieden zu viele. Kallemann wollte mit dem Mädchen besser in Ruhe sprechen. Er suchte einen anderen Platz, und schließlich landeten die drei in einem Hinterhof voller Müllcontainer. Sehr angenehm war die Umgebung nicht, vor allem nicht für eine eher empfindliche Hundenase. Aber sie waren ungestört.

Kallemann war klar geworden, dass er mit der Geschichte, Selbstgespräche zu führen, nicht einfach so durchkommen würde. Er überlegte, ging ein paar Schritte auf und ab, während Lina ihn nicht aus den Augen ließ. Tulpe hatte sich ein bisschen zurückgezogen. Er dachte, er sollte sich jetzt besser etwas im Hintergrund halten. Der Alte ging vor Lina leicht in die Hocke, um mit ihr auf Augenhöhe zu sein. Ihr Blick war überaus skeptisch. Er räusperte sich.

»Also hör zu. Es ist nicht ganz einfach, es dir zu erklären. Ich habe ja bis vor Kurzem noch selbst nicht gewusst, dass es geht.«

Tulpe verdrehte von den beiden unbemerkt die Augen. Kallemann schien einen komplizierten Weg zu wählen.

»Also können Sie doch mit Tulpe reden«, meinte Lina laut.

»So ist es nicht. Überleg doch mal. Hast du ihn denn sprechen gehört?«, erwiderte Kallemann.

Lina schüttelte den Kopf und blickte unwillkürlich zu dem Hund. Das stimmte, seine Stimme hatte sie wirklich nicht gehört. Sie verstand überhaupt nichts mehr. Kallemann holte tief Luft.

»Es kann sein, dass du ein Tier hörst und es verstehst. Aber nicht mit den Ohren.«

»Aber man hört doch mit den Ohren.«

»Das stimmt schon. Klar. Aber es kann auch anders sein. Ich will es dir erklären. Zum Beispiel … man sieht normalerweise mit den Augen. Aber man kann zum Beispiel auch mit dem Herzen sehen. Und so ähnlich ist es, wenn ich mit Tulpe rede. Dann höre ich, aber eben nicht mit den Ohren.«

»Das verstehe ich nicht.«

»Es ist auch nicht ganz einfach. Ich denke mir das, was er sagt. Was er vielleicht sagen könnte. Nein, noch besser, ich spüre seine Stimme. Ich höre sie nur hier drinnen.«

Kallemann klopfte sich mit der flachen Hand gegen die Brust, dort, wo sein Herz war.

Tulpe hatte die Ohren aufgestellt. Er war beeindruckt. So dämlich stellte sich der Alte gar nicht an.

Lina schaute etwas ratlos drein.

»Das müssen Sie mir noch genauer erklären.«

»Es ist ein bisschen wie Magie, und dazu kommt die Fantasie, die in dir steckt. Das macht den Unterschied. Weißt du, ich glaube gar nicht, dass das alle Menschen können. Jemanden zu hören und zu verstehen, auch wenn derjenige nicht spricht.«

»Hm. Aber warum kann ich das nicht?«

»Vielleicht hängt es auch vom Tier ab.«

»Ich habe eben kein Talent dafür. Das ist schon traurig.«

Tulpe musste, von den beiden anderen unbemerkt, schniefen. Zwei dicke Tränen traten ihm in die Augen.

Kallemann strich Lina über die Wange.

»Ich kann mir gut vorstellen, dass du das vielleicht eines Tages kannst.«

»Meinen Sie wirklich?«

Auf Linas Gesicht zeigte sich ein hoffnungsvolles Lächeln.

Kallemann erwiderte ihr Lächeln.

»Du bist ein ganz besonderes Mädchen, Lina.«

»Hm.« Sie dachte nach. Sie war sich nicht so sicher und blickte Kallemann mit großen Augen an.

»Garantieren kann ich es dir natürlich nicht«, sagte er mit leiser Stimme. Sie nickte nachdenklich.

»Und jetzt lass uns gehen. So schön ist es hier wirklich nicht.«

Alle drei blickten sich um. Tulpe rümpfte die Nase, und Lina nahm Kallemanns Hand. So verließen sie den Hinterhof und machten sie sich zu dritt auf den Weg zu Meike ins Café. Dabei beugte sich Kallemann noch mal zu dem Mädchen hinunter.

»Es ist vielleicht besser, du erzählst niemandem davon, worüber wir gesprochen haben. Weißt du, nicht alle Menschen können das verstehen.«

Lina nickte. »Schon klar. Das hätte ich eh nicht gemacht.«

38

Kurz bevor sie Angelas Café erreichten, bat Lina Kallemann darum, sie mit Tulpe noch ein bisschen alleine zu lassen. Kallemann willigte ein. Er konnte sich schon denken, was sie vorhatte. Also verabschiedete er sich bis zum nächsten Tag und ließ Tulpe und Lina alleine zurück.

Während Kallemann über die Wiese Richtung Schrebergarten stapfte, legten sich Lina und Tulpe nebeneinander ins Gras. Sie starrte nach oben gen Himmel. Auch Tulpe drehte daraufhin den Kopf nach oben. Eine Weile schwiegen beide und schauten den Wolken beim Sich-treibenlassen zu.

»Schade, dass wir zwei uns nicht unterhalten können«, meinte sie seufzend zu Tulpe. »Ich habe dich leider noch nie verstanden. Nehmen wir zum Beispiel das mit den Nussecken. So richtig klar ausgedrückt hast du dich da nie.«

Tulpe drehte sich auf den Rücken und streckte alle viere von sich. Lina lächelte und kraulte ihn sanft auf der Nase.

»Mich würde nämlich schon interessieren, was du manchmal so denkst.«

Tulpe stupste das Mädchen mit der Schnauze an. Er wollte, dass sie ihn nicht nur auf der Nase und hinter den Ohren, sondern auch ausgiebig am Bauch kraulte. Das tat sie dann auch mit großem Vergnügen. Wie herrlich kann das Leben sein, auch wenn Tulpe und ich uns nicht unterhalten können, dachte sie sich. Die beiden genossen noch ein Stündchen gemeinsam auf der Wiese, im Gras. Lina fand Tulpe einfach zu süß, und dieser wiederum konnte nicht genug bekommen von Streicheleinheiten und Komplimenten. Nach einer Weile hielten die beiden inne und lagen mit einem Mal wieder ganz still nebeneinander. Die Hundeaugen leuchteten Lina an. Ihre Blicke trafen sich.

»Schön, dass wir uns kennengelernt haben«, konnte Lina plötzlich Tulpe sagen hören.

»Das finde ich auch«, antwortete sie lächelnd.

»Und auch wenn Nussecken absolut meine Lieblinge sind beim Bäcker, mag ich auch gerne Aprikosencroissants.«

»Schon verstanden.« Lina lächelte den Hund an.

In diesem Moment kam Meike voller Sorge aus dem Café und blickte sich suchend nach ihrer Tochter um. So verabschiedeten sich Lina und Tulpe eilig voneinander. Das Mädchen wollte seine Mutter nicht lange warten lassen, und dem Hund knurrte der Magen.

39

Am nächsten Morgen, Tulpe dämmerte noch ein bisschen vor sich hin, machte Kallemann auf der Terrasse ein paar Gymnastikübungen. Er streckte sich und reckte sich. Ganz freiwillig tat er das. Er war von sich selbst überrascht, aber es war so. Wenn er auf die letzten Tage zurückblickte, überkam ihn eine bestimmte Zufriedenheit. Seitdem Tulpe in sein Leben gekommen war, und natürlich auch Lina, hatte sich vieles zum Besseren gewendet. Wie schön konnte das Leben sein. Er war zufrieden, genoss sogar die Sonnenstrahlen, die ihn mitten im Gesicht trafen. Doch dann musste er an Ellen, seine Frau, denken. Wo sie wohl war? Was sie machte? Wie es ihr ging? Er schnaufte tief durch, und ein grauer Schleier legte sich über seine neue heile Welt. Er wollte schon in seinen alten Jammerzustand übergehen, aber dann dachte er an Tulpe. Er riss sich zusammen und setzte zur Kniebeuge an.

Es dauerte nicht lange, bis er merkte, dass er beobachtet wurde, und zwar von der alten Blumenthal, die über den Zaun zu ihm herüberlinste. Sie beobachtete ihn eine Weile, was ihn aber nicht abhielt, weiter seine Übungen zu machen. Sollte sie doch denken, was sie wollte. Kallemann war umso mehr entschlossen, seinem Leben eine neue Richtung zu geben. Er wollte nicht mehr der alte Kallemann sein.

Mit einem Mal lachte die Nachbarin Blumenthal laut los. Offenbar lachte sie ihn aus. Aber Kallemann hatte keine Lust auf Auseinandersetzungen und Streit. Er winkte seiner Nachbarin nur kurz zu. »Guten Morgen«, rief er über den Gartenzaun hinweg.

»Ist das nicht ein herrlicher Tag«, rief er ihr auch noch zu.

Dass dieser Tag alles andere als gut werden sollte, konnte Kallemann in diesem Moment nicht ahnen.

40

Kallemann und Tulpe standen mit Meike vor dem Café. Sie war völlig aufgelöst, und ihre Haare waren zerzaust.

»Aber wenn Lina nicht bei Ihnen ist, wo ist sie dann?«, fragte sie aufgeregt. »Ich habe schon versucht, sie auf ihrem Handy zu erreichen. Aber das liegt zu Hause in unserer Wohnung.«

Kallemann, blass wie eine weiße Wand, zuckte nur mit den Schultern. Ihm schlackerten die Beine. Auch Tulpe wurde ganz anders, und er drückte sich an Kallemanns Beine.

»Das weiß ich nicht. Wir wollten sie hier abholen. Deswegen sind wir hier. So war das abgemacht«, meinte der Alte mit bedrückter, leiser Stimme.

Meike blickte ihn skeptisch an.

»Aber ich dachte, sie wollte zu Ihnen in den Schrebergarten. Deswegen ist sie wahrscheinlich alleine los.«

Kallemann und Tulpe tauschten einen bedrückten Blick. Meike ging nervös ein paar Schritte auf und ab.

»Aber wo kann sie stecken? Ich kenne Lina so gar nicht. Herr Kallemann, es muss doch gestern etwas vorgefallen sein.«

Dem Alten wurde ganz anders. Er schluckte und wischte sich den Schweiß von der Stirn.

»Nein, wirklich nicht. Es ist nichts passiert.«

»Bitte sagen Sie die Wahrheit. Ich sehe Ihnen an der Nasenspitze an, dass da etwas war. Jetzt reden Sie schon.«

Kallemann fühlte sich ungerecht behandelt. Natürlich war etwas vorgefallen. Die Unterhaltung mit Lina, ob man Tiere verstehen kann oder nicht. Aber das konnte kein Grund für ihr Verschwinden sein. Oder doch?

»Wirklich nicht. Ich habe keine Ahnung, wo sie sein könnte«, meinte er mit fester Stimme.

Meike konnte sich nicht beruhigen.

»Ich hätte das nie zulassen dürfen.«

»Was denn?«

»Na, dass Sie und dieser Hund hier sich um sie kümmern. Das konnte ja nicht gut gehen.«

Kallemann und Tulpe tauschten abermals einen kurzen Blick. Ihnen war klar, dass Meike gerade nicht klar denken konnte. Kallemann räusperte sich.

»Sie irren sich. Wir haben keine Ahnung, wo sie ist. Ich würde vorschlagen, wir schauen mal zu meiner Wohnung. Vielleicht ist sie ja dahin gegangen.«

»Sie meinen die Wohnung, die Sie renovieren wollen? Lina hat mir davon erzählt.«

»Genau. Das machen wir jetzt gleich. Bitte beruhigen Sie sich. Lina taucht bestimmt wieder auf.«

Meike wurde lauter. Sie ging völlig außer sich auf und ab und faltete dabei ihre Hände.

»Ich werde mich nicht beruhigen, und ich will mich auch nicht beruhigen, wenn meine Tochter verschwunden ist. Wissen Sie überhaupt, wie das ist? Haben Sie denn Kinder, Herr Kallemann?«, fragte sie den Alten.

Der schüttelte den Kopf.

»Aber es muss eine Erklärung geben. Es muss gestern etwas passiert sein. Es tut mir leid, aber ich kann Ihnen das nicht glauben.«

Meike stürzte davon. Im Gehen drehte sie sich zu den beiden um.

»Dann gehen Sie schon los zu dieser Wohnung. Und nehmen Sie Ihren Köter mit. Worauf warten Sie denn noch? Ich will derweil zu mir nach Hause. Vielleicht ist sie inzwischen dort aufgetaucht.«

41

Kallemann und Tulpe eilten, so schnell sie konnten, los. Doch vor dem Mietshaus konnten sie Lina nirgends entdecken. Und auch in der Wohnung selbst war sie nicht. Aber das war auch nicht zu erwarten gewesen. Lina hatte gar keinen Schlüssel dafür. Die beiden waren verzweifelt und setzten sich erschöpft auf den Boden des leeren Wohnzimmers – auf ein Stück Plane zwischen die verschiedenen Malerutensilien.

Kallemann war wirklich erschüttert.

»Wenn ihr wirklich etwas zugestoßen ist?«

Tulpe stupste den Alten in die Seite.

»Lina ist ein schlaues Mädchen. Ich weiß auch nicht, wo sie gerade steckt. Ich weiß nur, dass ihr sicher nicht so schnell etwas passiert.«

»Du hast ja gut reden. Um dich geht es ja nicht.«

»Was soll das denn jetzt heißen?«

»Du hast ihre Mutter vorhin gehört. Sie macht mir Vorwürfe. Dir nicht. Du bist ja nur ein … ›Köter‹.«

»Vielen Dank für die Erinnerung. Ich weiß selbst, was sie gesagt hat. Ich nehme ihr das aber nicht übel. Sie war einfach echt von Sinnen.«

»Darum geht es doch gar nicht«, blaffte Kallemann.

Tulpe versuchte, ruhig zu bleiben.

»Worum geht es dann?«

»Linas Mutter meinte, ich könnte etwas mit ihrem Verschwinden zu tun haben. Aber wer hat sie denn zuletzt gesehen von uns beiden? Das warst doch du!«

Mit diesen Worten zeigte er auf Tulpe. Der sprang auf.

»Hallo! Geht's noch? Was soll denn das heißen?«, ereiferte er sich.

Kallemann legte nach. »Was ist denn da passiert? Vielleicht etwas, das ich wissen müsste?«

»Nichts ist passiert. Ich mag das Mädchen, und sie mag mich. Wir haben ein bisschen herumgealbert. Im Gras gelegen.«

»Und sonst nichts?«

»Natürlich nicht.«

»Klar, und wenn es nicht so wäre, müsstest du ja nichts sagen. Ein Hund wie du hat ja kein schlechtes Gewissen. Du bist ja selbst eins.«

»Jetzt mach mal halblang, und lass uns lieber bei der Sache bleiben.«

»Und die wäre?«

»Wir haben im Gras gelegen und ein bisschen herumgealbert. Es war doch schließlich ein wunderbarer Tag gestern. Oder nicht?«

Kallemann schniefte. »Ja … schon.«

»Na siehst du.«

Kallemann schlug mit der Faust auf den Boden.

»Aber deswegen haut sie doch nicht ab.«

»Ich habe ja auch nichts damit zu tun.«

Jetzt sprang der Alte auf, ging ein paar Schritte auf und ab. Er stopfte seine Hände in die großen Taschen der Latzhose, sodass diese ausbeulten.

»Aber du bist ein ganz besonderes Wesen. Es muss ein Leichtes für dich sein, sie ausfindig zu machen. Oder etwa nicht?«

»Ich bin nur ein kleines Gewissen. Nichts Besonderes.«

»Aber irgendwie bist du doch nicht von dieser Welt.«

»Ach, was soll denn das heißen?«

»Du bist doch irgendwie überirdisch.«

»So ein kompletter Blödsinn. Ich bin ein ganz normaler Hund.«

»Manchmal schon. Aber eben nicht immer. Du bist ein Gewissen.«

»Ich bin dein Gewissen. Was du nicht kannst, kann ich auch nicht. Geht das immer noch nicht in deinen Schädel?!«

»Blödhund!«

»Das will ich überhört haben.«

»Kannst du denn wirklich nichts machen, um sie zu finden? Etwas Übersinnliches?«

Tulpe schüttelte leicht genervt den Kopf. Die beiden schauten sich lange an. Sie waren ermattet vom Streiten. Plötzlich tippte sich Kallemann an die Nase.

»Aber du bist nicht nur ein Gewissen, sondern auch ein Hund«, sagte er aufgeregt.

»Das will ich wohl meinen«, entgegnete Tulpe.

»Na also. Dann nimm die Witterung auf und suche sie. Dafür sind Hunde schließlich auch da. Schon mal etwas von Suchhunden gehört?«

Kallemann lief hektisch aus dem Wohnzimmer und kam gleich danach wieder zurück. In der Hand hielt er ein kleines Handtuch und hielt es dem Hund hin.

»Hier!«

Tulpes Augen zeigten nur Fragezeichen.

»Und was soll ich damit?«

»Frag nicht so dämlich. Witterung aufnehmen. Mit diesem Tuch hat sich Lina gestern die Hände abgetrocknet.«

Der Hund drehte den Kopf zur Seite.

»Nimm das Ding weg. Es riecht modrig. Und sonst rieche ich überhaupt nichts.«

»Warum nicht?«

»Meine Nase ist nicht so gut.«

»Aber für Backwaren reicht es. Na bravo.«

»Du bist gemein. Ich habe eben keinen so guten Riecher wie andere Hunde.«

»Du lügst, du faules Stück. Du hast nur keine Lust, dich auf den Weg zu machen.«

»Spinnst du?! Wie redest du denn mit mir? Ich bin ein Hund, ja. Und ich habe eine Hundenase, ja. Aber die ist nicht besonders gut ausgeprägt. Capito? Ich kann keine Witterung aufnehmen, Holzkopf!«

»Wofür bist du denn überhaupt gut? Nur zum Fressen und zum Schlafen. Und zum Kacken. Deine Haufen darf ich wegmachen. Du bist so was von überflüssig.«

Tulpe sprang auf und stellte sich vor Kallemann auf die Hinterbeine.

»Pass auf, was du sagst!« Er knurrte.

Kallemanns Miene verfinsterte sich immer mehr.

»Schade, dass du nicht ersoffen bist! Ich hätte mir mehr Mühe geben sollen.«

»Wie bitte?«

»Vielleicht hätte ich dich besser überfahren sollen.«

Tulpe schluckte. »Um mich umzubringen?«

»Allerdings. Das Mädchen ist weg, und seine Mutter denkt, ich bin schuld. Und wem habe ich das zu verdanken? Dir!«

»Aber so bist du halt. Nichts kannst du. Nichts. Nicht einmal mich umzubringen hast du geschafft.«

Die beiden standen sich giftig gegenüber.

»Ich verstehe nur zu gut, dass dir deine Frau abgehauen ist. In deiner Nähe hält es kein Mensch aus. Unerträglicher Widerling!«

Kallemann schrie unvermittelt auf. »Aaaah!« Er holte mit seiner rechten Hand aus und wollte schon zuschlagen. Im letzten Moment hielt er inne. Tulpe war nicht einen Zentimeter zurückgewichen.

»Wenn du das tust, dann …«, meinte der Hund mit erstickter Stimme.

Kallemann baute sich vor ihm auf.

»Was dann, du stinkendes Stück Fell? Willst du mir etwa drohen? Dass ich nicht lache.«

Tulpe ging rückwärts ein paar Schritte von Kallemann weg. Tränen liefen ihm aus seinen großen Hundeaugen.

»Ich kann nichts mehr für dich tun. Ich werde jetzt gehen, und du siehst mich nie wieder.«

»Wenn es schwierig wird, abhauen. Ist das das Einzige, was dir einfällt?«

»Dein Gewissen bist du los, Kallemann. Du bist gewissenlos.«

Kallemann war geschockt. Er wusste nichts darauf zu sagen.

»Leb wohl, Kallemann. Obwohl … ich glaube, dein Leben wird nicht sehr wohlig werden. Du einsamer Gesell.«

»Du darfst nicht gehen.«

»Wer sagt das?«

»Ich!«

Tulpe drehte sich um und rannte ohne ein weiteres Wort aus dem Wohnzimmer und durch den Flur. Da die Wohnungstür nur angelehnt war, konnte er leicht ins Treppenhaus schlüpfen. Kallemann wollte ihm sofort hinterher.

»Warte! So warte doch bitte!«

Doch er rutschte in der Eile auf der Plane aus und fiel längs hin. Er erstarrte und blieb liegen.

42

Nach ein paar Stunden erst raffte Kallemann sich auf. Er fühlte sich sehr kaputt und konnte sich nur mit Mühe auf den Beinen halten. So elendig fühlte er sich. Die letzten Tage erschienen ihm wie aus einer anderen Welt. So bunt und fröhlich waren sie gewesen. Wie wunderbar war sein ehemals so einsames Leben in letzter Zeit geworden. Und jetzt? Jetzt hatte er alles wieder verloren. Lina war verschwunden, er hatte sich mit Tulpe gestritten, und dieser war abgehauen. Kallemann machte sich auf den Weg nach Hause in seinen Schrebergarten. Er ging den ganzen Weg zu Fuß. Es war furchtbar. Die Welt kam ihm schrecklich grau vor.

Als er das kleine Türchen zu seinem Schrebergarten öffnete, kam er an seinem geliebten Tulpenbeet vorbei. In seiner Verzweiflung riss er einige Wurzeln davon heraus und warf sie weg. Er trampelte mit den Füßen auf seinen Lieblingsblumen herum. Wo war Lina? Er hatte noch von unterwegs aus im Café angerufen. Aber eine verzweifelte Angela hatte ihm nur ausrichten können, dass Lina weiterhin verschwunden war. Meike war völlig außer sich und hatte inzwischen die Polizei eingeschaltet.

Als Kallemann die Stufen zu seiner Veranda hochging, stockte ihm der Atem. Direkt vor der Tür seines Häuschens lag jemand auf dem Fußboden und schlief. Dieser Jemand war Lina. Ein unglaubliches Glücksgefühl breitete sich in dem Alten aus. Wie durch einen strahlenden Blitz wurde die Welt erhellt. Er ging vorsichtig zu dem Mädchen und beugte sich zu ihm hinunter. Ganz sanft hob er sie hoch und trug sie nach drinnen. Dort legte er sie auf dem Sofa ab. Er nahm das Telefon und versuchte sofort, Meike anzurufen. Aber sie ging nicht ran, und ihre Mailbox war nicht eingeschaltet. Er würde es nachher gleich noch mal versuchen.

Lina öffnete langsam ihre Augen. Als sie Kallemann sah, zeigte sich ein kleines Lächeln auf ihrem Gesicht.

»Herr Kallemann. Da sind Sie ja endlich. Ich habe schon Stunden hier auf Sie gewartet.«

»Wo warst du denn, Lina?«

»Ich war unterwegs. Ich hatte etwas zu erledigen.«

»Aber wir haben uns alle sehr große Sorgen gemacht. Deine Mutter vor allem, aber auch ich.«

Lina setzte sich langsam auf.

»Aber ich habe meiner Mutter einen Zettel auf dem Küchentisch gelassen. Dass sie sich keine Sorgen machen muss. Und dass ich bald wieder zurück bin.«

»Komisch. Davon hat sie gar nichts erwähnt.«

Kallemann kratzte sich nachdenklich am Kopf.

»Vielleicht hat sie ihn nicht gesehen. Oder er ist vom Tisch gefallen.«

Lina bekam große Augen.

»Aber ich wollte nicht, dass sich jemand Sorgen macht. Das wollte ich nicht.«

»Schon gut«, sagte er und streichelte ihr über die Stirn. »Aber warum hast du denn nicht dein Handy mitgenommen?«

»Ich habe es vergessen. Ich war einfach viel zu aufgeregt.«

»Was hat dich denn so aufgeregt?«

»Das erzähle ich Ihnen gleich. Wo ist denn überhaupt Tulpe?«

Mit einem Mal setzte sich Lina auf und schaute sich hektisch um. Kallemanns Lippen zitterten. Er wusste nicht so recht, was er antworten sollte.

»Wo ist er denn? Ist ihm etwas passiert?«, fragte sie voller Angst.

»Nein, nein«, wollte Kallemann sie beruhigen. »Es ist nur so, dass …« Er stoppte mitten im Satz.

»Was denn?«

»Es ist nur so, er ist weggelaufen.«

Kallemann wollte das Mädchen nicht anlügen.

»Aber mach dir keine Sorgen. Er kommt bestimmt bald wieder. Du kennst ihn doch. Vielleicht hat er eine neue Bäckerei entdeckt. So was kann ihn schon mal aufhalten.«

Er versuchte zu lächeln, was ihm aber nicht so recht gelingen wollte. Lina musterte den Alten traurig.

»Er ist bald wieder da. Da bin ich mir ganz sicher«, wollte er sie weiter beruhigen.

Lina schnaufte tief durch und umarmte Kallemann. Das hatte sie bis dahin noch nie gemacht. Er erwiderte ihre Umarmung, wenn auch zögerlich und etwas zurückhaltend. Lina machte sich wieder frei und blickte ihn mit traurigen Augen an.

»Das ist wirklich kein schöner Tag. Das ist ein ganz furchtbarer Tag. Das ist ein Tag, so einer sollte nie wieder kommen.«

Kallemann stupste sie ganz vorsichtig an der Nase.

»Kein Tag kommt wieder. Jeden Tag gibt es nur einmal.«

»Ich weiß. Aber heute ist es wirklich zum Vergessen.«

»Warum? Was ist denn passiert? Wo warst du denn überhaupt?«, fragte er.

»Ich war … also es war so … der Ole vom Blumenladen, der wollte mir zunächst nicht helfen. Aber dann hat er mir doch geholfen.«

»Helfen? Was hat er denn getan?«

»Er hat mir verraten, wo ich Ihre Frau finden kann.«

Kallemann fiel die Kinnlade nach unten.

»Du warst bei Ellen?«

Lina nickte.

»Ich wollte, dass sie sieht, wie toll Sie sind. Vielleicht waren Sie früher nicht so nett. Das weiß ich nicht. Aber seitdem ich Sie kenne, sind Sie total nett.«

»Und das hast du meiner Frau gesagt?«

»Ja. Das habe ich.«

»Und was hat sie gesagt?«

Lina zögerte. Sie schaute von Kallemann weg, in die Leere des Raumes. Sie schniefte und rieb sich mit der Hand über die Nase.

»Erst einmal war sie völlig überrascht, dass ich aufgetaucht bin. Ich musste ihr natürlich zuerst erklären, wer ich überhaupt bin. Puh, das war alles nicht so einfach. Aber sie war sehr freundlich. Sie hat mich hereingelassen, und sie hat mir etwas zu trinken angeboten. Apfelsaft. Und auch ein Stück Marmorkuchen. Der war übrigens sehr köstlich.«

Kallemann fühlte sich überwältigt. Er wusste nicht, was er hätte sagen sollen. Aber bei »Marmorkuchen« durchzuckte es ihn.

»Ja, den konnte sie schon immer ganz hervorragend backen. Ich habe diesen Kuchen auch immer geliebt.«

»Ich wollte Ihnen auch ein Stück mitbringen. Aber sie hatte mir das letzte gegeben.«

»Das war richtig so.«

Wieder musste Lina schniefen. Mit großen Augen starrte sie Kallemann an.

»Herr Kallemann, es tut mir so leid. Aber …«

»Was aber?«

»Sie will nicht mehr zu Ihnen zurückkommen. Ich finde das so gemein von ihr. Ich habe wirklich alles versucht. Alles. Ich habe auf sie eingeredet. Alles, was mir so eingefallen ist, habe ich gesagt.«

Kallemann schluckte. Er war zugleich berührt wie erschüttert. »Das ist natürlich schade, dass sie mich nicht mehr sehen will. Aber ich bin dir sehr dankbar, dass du dich für mich eingesetzt hast. Das war toll!«

»Aber es hat überhaupt nichts gebracht. Ich habe so auf sie eingeredet. Aber sie will nicht.«

Kallemann nickte stumm. In diesem Moment flogen Tausende von Bildern durch seinen Kopf. Lauter Bilder aus gemeinsamen Zeiten mit Ellen und ihm. Er tauchte ab.

Lina holte ihn wieder zurück.

»Aber ich soll Ihnen schöne Grüße ausrichten. Sie sollen ihr nicht böse sein.«

»Das hat sie noch gesagt?«, fragte Kallemann.

»Ja. Meine Mutter sagt immer, dass man nie aufgeben soll im Leben.«

Kallemann klatschte sich mit der flachen Hand gegen die Stirn. »Oh Gott, deine Mutter. Die habe ich inzwischen ganz vergessen. Die hätten wir schon lange anrufen müssen und ihr sagen, dass sie sich keine Sorgen mehr machen muss.«

Er sprang vom Sofa auf.

»Das Beste ist, ich bringe dich gleich nach Hause.«

Meike war außer sich vor Freude. Sie hatte inzwischen auch Linas Zettel gefunden, der von einem Windstoß weggeweht worden war und sich in einer Ecke auf dem Fußboden versteckt hatte.

Liebe Mama, ich bin nur kurz unterwegs. Alles gut. Mach dir keine Sorgen. Ich habe nur einen kleinen Auftrag zu erledigen. Deine Lina

Im Überschwang des Glücksgefühls entschuldigte sich Meike auch bei Kallemann. Es tat ihr leid, dass sie ihn am

Morgen so angegangen war. Er war vor allem froh, dass Lina wieder zurück war, und natürlich nahm er Meikes Entschuldigung gerne an. Er ließ Mutter und Tochter schließlich alleine und machte sich auf den Heimweg. Es war sehr ungewöhnlich für ihn. Er war es gar nicht mehr gewohnt, ohne Tulpe zu sein. Da war niemand, mit dem er sich unterhalten konnte. Niemand, der ihn ermahnte, der ihm auch mal auf die Nerven ging. Wie schade.

Zu Hause auf seiner Parzelle im Schrebergarten erwartete ihn schon seine Nachbarin Blumenthal, die über den Zaun giftete. Irgendjemand hatte in einem ihrer Beete ein Loch gegraben, und natürlich hatte sie sofort Tulpe in Verdacht. Kallemann hatte überhaupt keine Lust auf eine Unterhaltung und schon gleich gar nicht auf einen Streit. Er teilte Blumenthal mit, dass Tulpe nicht mehr da sei. Sie könne also in Zukunft ganz beruhigt sein. Er wünschte ihr eine gute Nacht und verschwand in seinem Häuschen.

Die ganze Nacht machte Kallemann kein Auge zu. Er horchte in die Stille der Nacht hinein, ob da vielleicht irgendein Geräusch zu hören war. Irgendetwas, das auf Tulpe hindeutete. Aber immer, wenn er etwas hörte, war es falscher Alarm. Tulpe war und blieb verschwunden.

Erst im Morgengrauen fiel Kallemann in einen tiefen Schlaf. Seine Augen waren rot von geflossenen und von nicht geflossenen Tränen.

43

Auch in den nächsten Wochen blieb der Hund verschwunden. Die Welt war nicht mehr so wie vor wenigen Tagen. Überhaupt änderte sich einiges. Nachdem es Angela und ihrem Rücken wieder besser ging, konnte sie wieder in ihrem Café arbeiten. Meike beschloss daraufhin, sich bis zum Ende der Ferien wieder mehr Zeit für ihre Tochter zu nehmen. So waren die beiden meist zu zweit unterwegs. Natürlich trafen sie auch regelmäßig Kallemann. Meist, wenn sie bei ihm in seinem Schrebergartenhäuschen vorbeischauten.

Der Alte hatte beschlossen, nach und nach fast alle Tulpen durch wunderschöne Rosen zu ersetzen. Er pflanzte Rosensträucher. Es war ihm klar, dass das wohl nichts ändern würde. Seine Frau Ellen würde nicht wieder zu ihm zurückkommen. Da war Lina in ihrer Schilderung ganz klar gewesen. Doch irgendwas in ihm stachelte ihn dennoch an. Vielleicht gab es noch eine Chance für Ellen und ihn? Außerdem musste er etwas tun. Auch wenn er ohne Tulpes und Linas Hilfe nicht mehr an der Renovierung seiner alten Wohnung arbeiten wollte, so brauchte er dringend eine Beschäftigung. Deswegen brachte er sein Häuschen auf Vordermann. Er pflanzte neben Rosen auch Gemüse, Kräuter und Salate. Um gesundes, selbst gekochtes Essen hatte Kallemann bisher immer einen großen Bogen gemacht. Aber auch das wollte er ändern. Er wollte nicht mehr nur Essen aus der Dose oder aus dem Tiefkühlfach in sich reinstopfen. Tulpe hatte ihm etliche Anstöße für sein Leben gegeben. Auch wenn der Hund verschwunden war, so blieben viele seiner Gedanken und Ideen bestehen. Sie lebten in Kallemann weiter. Er wollte nicht mehr der Kotzbrocken sein, als den ihn früher viele gesehen hatten. Er war zwar schon älter, aber nicht zu alt, um sich in seinem Leben nicht nochmals zu verändern. Insgeheim musste er bei dieser Entwicklung selbst in sich hineinkichern.

Es ging ihm von Tag zu Tag besser. Nur zwei Dinge, von Ellen abgesehen, trübten sein Leben: Seine Nachbarin Blumenthal hatte immer wieder etwas an ihm auszusetzen. Es war wie verhext. Sie wollte Streit, suchte ständig Auseinandersetzungen. Im Grunde genommen war sie so wie Kallemann früher gewesen war. Ihr schlechtes Verhältnis tat ihm umso mehr leid, weil er sie im Grunde genommen nicht so übel fand. Sie waren Nachbarn, etwa gleich alt, sie hätten sicherlich hin und wieder etwas zusammen unternehmen können. Aber es sollte nicht sein. Das Zweite, das sein Leben trübte, war natürlich der verschwundene Tulpe. Kallemann dachte oft an den Streit zwischen ihnen, und er hätte sich dafür in die Hand beißen können. Warum hatte er den Hund nur so beschimpft? Das Leben mit der Fellnase war viel schöner gewesen als ohne ihn. Kallemann wollte den Vierbeiner unbedingt wiedersehen. Also ging er allen möglichen Spuren nach und suchte Plätze auf, an denen Tulpe vielleicht stecken könnte. Vor allem Bäckereien, besonders solche mit Nussecken im Angebot, waren sein Ziel. Tagelang hielt er sich in der Nähe solcher Läden auf. Aber alle Mühe war vergebens. Tulpe war und blieb verschwunden.

Auch Lina fehlte der Hund. Sie gewöhnte sich mehr und mehr in der fremden Umgebung ein. Sie und ihre Mutter wurden langsam heimisch in der neuen Stadt. Das Mädchen fand auch neue Freunde. Die Zeit hätte so schön und unbeschwert sein können. Vielleicht würde sie den geliebten Tulpe eines Tages vergessen können, aber das wollte sie gar nicht. Vielmehr dachte sie darüber nach, wie sie es schaffen könnte, Tulpe wiederauftauchen zu lassen. Aber sie hatte so gar keine Idee. Es war zum Verzweifeln.

44

Eines Tages, einige Wochen später, als Kallemann einen seiner neu gepflanzten Rosensträucher beschnitt, bekam er unerwarteten Besuch. Seine Frau Ellen stand draußen vor dem Gartenzaun und blickte halb überrascht, halb verzückt auf den veränderten Schrebergarten. Kallemann brauchte eine Weile, bis er sie bemerkte, und freute sich sehr, sie zu sehen. Vorsichtig und mit zittrigen Schritten ging er durch den Garten zu ihr hin. Ellen, so fand er, sah ganz wunderbar aus. Sie trug ein buntes Kleid mit Blumenmotiven. Sie lächelte ein kleines bisschen, fast ein bisschen schüchtern. Sie winkte ihm, noch am Zaun stehend, als er sich näherte.

»Hallo«, sagte sie.

»Hallo«, erwiderte er.

Beide schienen in einer Sprachlosigkeit gefangen. Alle Worte waren weit weg, wie hinter einem Horizont. Ellen hatte sich als Erste wieder gefangen.

»Das sieht toll aus. Schön, was du aus dem Garten gemacht hast. Lauter Rosen. Wie sehr hätte ich mich früher darüber gefreut.«

Kallemann war mulmig. Er spürte die Kraft des Augenblicks. Er freute sich zwar, Ellen zu sehen, aber eine unangenehme Vorahnung schlich durch seinen Körper.

»Willst du nicht hereinkommen?«, fragte er unsicher.

»Ich weiß nicht«, sagte sie.

Ihre Augen wurden feucht, ihre Hände verkrampften sich.

»Ich bin gekommen, weil ich mit dir reden will. Ich mit dir reden muss.«

Kallemann schluckte.

»Ich freue mich, dich zu sehen. Bitte komm doch rein, ich will dir gerne den ganzen Garten zeigen.«

Nach kurzem Zögern öffnete Ellen das kleine Türchen im Zaun und kam herein. Erst da konnte sie sehen, welche Rosenpracht sich im Schrebergarten zeigte. Unsicher schaute sie Kallemann an.

»Wie schön ist das denn! Wie bist du denn darauf gekommen?«

»Das ist eine lange Geschichte. Und außerdem … ich habe gehofft, dass du eines Tages mal hier vorbeischaust.«

Ellen roch an einer der Blüten und suchte dann den Blick ihres Gegenübers.

»Ich nehme an, dieses Mädchen, das mich aufgesucht hat, hat dir von mir berichtet.«

»Ja, das hat sie. Auch deine Grüße hat sie ausgerichtet.«

»Die Kleine war sehr nett. Wie hieß sie noch mal?«

»Lina. Ein tolles Mädchen.«

Ellen zupfte verlegen an einem der Sträucher herum. Sie blickte Kallemann lange an. Sie überlegte.

»Ich bin gekommen, um mit dir zu sprechen. Besser gesagt, um dir etwas zu sagen.«

Er versuchte, in ihren Augen zu lesen.

»Ich werde wegziehen. Weg aus dieser Stadt.«

»Aber warum denn? Und wohin denn?«

Ellen biss sich auf ihre Unterlippe.

»Du weißt, dass ich gerne zum Tanzen gehe. Ich habe das Tanzen schon immer geliebt. Aber du wolltest ja nicht. Wir beide sind leider nie zusammen tanzen gewesen. Das war wirklich schade.«

»Aber jetzt könnten wir mal zusammen gehen.«

Dieser Vorschlag war geradezu aus Kallemann herausgebrochen.

»Ach, wie sehr hätte ich mich früher darüber gefreut. Warum hast du das nicht damals gesagt?«

»Ich weiß nicht. Aber ich sage es jetzt.«

Ellen streckte die Hand nach ihm aus, so als wollte sie ihm über die Wange streicheln. Aber dann zuckte sie zurück und ließ den Arm fallen.

»Bitte, Ellen. Bitte lass es uns noch mal miteinander versuchen«, sagte Kallemann schluckend.

Jetzt streichelte sie ihn doch für einen kurzen Moment.

»Es tut mir leid. Aber ich habe jemanden kennengelernt. Jemanden, mit dem ich regelmäßig tanzen gehe. Jemanden, mit dem ich auch sonst viel Zeit verbringe. Wir haben viele Gemeinsamkeiten. So lieben wir es, zusammen zu wandern. Wir wollen in eine kleine Stadt in den Bergen ziehen.«

Die Berge waren seit jeher ein besonderes Ziel in Ellens Leben gewesen. Aber Kallemann hatte sich dem ständig widersetzt. Warum, das hätte er gar nicht sagen können. Er hatte nichts gegen Berge. Vielleicht wollte er einfach nur dagegen sein. Dagegen sein – das war ganz wichtig in seinem alten Leben gewesen.

An die restliche Unterhaltung zwischen ihnen beiden konnte Kallemann sich schon kurz danach nicht mehr richtig erinnern. Das Gespräch mit seiner Frau war ihm wie ein reines Lippenspiel vorgekommen. Ihr Mund bewegte sich, nur konnte er nichts verstehen. Seit ihrer Ankündigung, wegzuziehen, war er in eine andere Welt abgetaucht. Er hatte nur noch vereinzelt bestimmte Worte aufgeschnappt. Worte wie »Freunde bleiben« oder »Scheidung«. Schließlich war Ellen gegangen. Sie hatte sich am Zaun noch mal umgedreht, und er hatte ihr gewunken. Der Abschied war ihr schwergefallen, wie er gemerkt hatte. Ihm auch. Aber sie war gegangen.

Den ganzen Abend dieses furchtbaren Tages blieb Kallemann in seinem Schaukelstuhl auf der Veranda sitzen. Er bewegte sich eintönig hin und her. Sein Leben schaukelte in Gedanken an ihm vorbei. Er war zugleich wütend und traurig. Warum war das Schicksal so gemein zu ihm? Er hatte versucht, sich zu bessern, ein freundlicher Mensch zu werden. Aber was hatte es ihm gebracht? Nichts. Er war alleine und einsam. Es wurde dämmrig und schließlich dunkel. Kallemann schaukelte weiterhin stumpf vor und zurück. Zunehmend verdunkelten sich seine Gedanken. Die Welt war ein undankbarer Zeitgenosse. Er würde sich das nicht bieten lassen. Ab morgen würde er wieder der alte Kallemann sein. Der Kotzbrocken von früher. Mit diesen finsteren Gedanken schlief er schließlich in seinem Schaukelstuhl ein. Da war es schon weit nach Mitternacht.

45

Am nächsten Morgen wurde er von Hundegebell geweckt. Sofort schreckte er hoch. War das etwa Tulpe? Er zweifelte. Nein, dieses Bellen war zu hoch. Das passte nicht zu seinem alten Gefährten.

Das Hundebellen kam vom Nachbargrundstück, vom Grundstück von Frau Blumenthal. Kallemann schlich sich neugierig an den Zaun und spähte hinüber. Er tat das ganz vorsichtig, wollte keinesfalls, dass man ihn bemerkte. Er hatte überhaupt keine Lust auf ein Streitgespräch mit der garstigen Nachbarin. Schließlich entdeckte er den Hund, der gebellt hatte. Es war ein kleiner Pudel, der auf einem Stuhl thronte, mitten auf einem großen Kissen. Kallemann wunderte sich. Einen Hund hatte er bei seiner Nachbarin noch nie gesehen. Überhaupt, was sollte so eine furchtbare Zeitgenossin mit einer Fellnase anfangen. Kallemann wollte schon wieder zurück zu seinem Häuschen schleichen, als er von hinten angesprochen wurde.

»Guten Morgen«, sagte eine weibliche Stimme freundlich.

Kallemann drehte sich um und blickte in das Gesicht von Blumenthal. Er war verunsichert. So nett war sie noch nie zu ihm gewesen. Da musste eine böse Absicht dahinterstecken. Was wollte sie von ihm? Blumenthal blickte ihn freundlich lächelnd an und wiederholte ihren Gruß.

»Guten Morgen, Herr Kallemann. Ich hoffe, es geht Ihnen gut.«

Kallemann war überfordert, wie er reagieren sollte. Also sagte er am besten erst mal gar nichts. Das brachte aber die Alte nicht davon ab, weiterhin das Gespräch zu suchen.

»Ich backe gerade eine Kirschtorte und wollte Sie fragen, ob Sie nicht vielleicht heute Nachmittag auf ein Tässchen Kaffee bei mir vorbeikommen wollen.«

Kallemann fühlte sich von so viel nachbarschaftlicher Freundlichkeit erschlagen. So kannte er Frau Blumenthal überhaupt nicht. Da fiel sein Blick auf den kleinen Pudel, der sich inzwischen ins Gras gesetzt hatte.

»Seit wann haben Sie denn einen Hund?«, fragte er.

Blumenthal blickte zu dem Pudel. Der Pudel wiederum blickte zu Kallemann.

»Das ist Missy. Eine süße Pudeldame. Sie ist mir zugelaufen.«

»Ach! Zugelaufen?«

»Genau. Und den Namen habe ich ihr gegeben. Ich finde, Missy passt zu ihr.« Sie musterte Kallemann. »Ich backe gerade eine große Torte. Kommen Sie doch um drei zu mir auf die Terrasse. Ich freue mich. Und bringen Sie ordentlich Appetit mit. Bis dann!«

Sie winkte ihm und ließ einen sichtlich irritierten Kallemann zurück. Was war mit seiner Nachbarin los? Sie war völlig verändert. Als er sich darüber mehr und mehr Gedanken machte, fiel sein Blick wieder auf Missy, die

Pudeldame. Konnte das sein? War Missy vielleicht gar kein normaler Hund, sondern als Gewissen aufgetaucht? Als Blumenthals Gewissen?

Punkt drei Uhr erschien er, in Schale geworfen, bei seiner Nachbarin. Er hatte seine Latzhose im Häuschen gelassen. Stattdessen trug er eine hellgraue Stoffhose und ein weißes Hemd. Er hatte sogar kurz darüber nachgedacht, auch ein Sakko anzuziehen, dieses Vorhaben dann aber als übertrieben verworfen. Blumenthal hatte auf ihrer Veranda mit viel Hingabe einen kleinen Kaffeetisch gedeckt. Auf dem mit Blumen verzierten Tisch lag eine bunte Tischdecke, darauf stand eine köstlich aussehende Kirschtorte. Kallemann setzte sich.

Die beiden verstanden sich sehr gut, und schnell wechselten sie Wort um Wort miteinander. Man hätte sich nicht vorstellen können, dass diese beiden Menschen noch vor Kurzem in tiefer Abneigung verbunden gewesen waren. Es wurde viel gelacht und natürlich auch üppig gespeist. Erst nach vier Stückchen Torte, mit extra Sahne drauf, gab Kallemann auf. Er konnte nicht mehr. Sonst würde er sicherlich platzen, meinte er mit einem breiten Lächeln.

Als Blumenthal kurz im Häuschen verschwand, um neuen Kaffee aufzusetzen, ließ Kallemann keine Sekunde verstreichen und wandte sich sofort an Missy. Er beugte sich flüsternd zu der Pudeldame.

»Hallo, wir können ganz offen reden. Bist du auch ein Gewissen?«

Missy blickte ihn nur schweigend an und neigte ihr Köpfchen ein bisschen zur Seite. Kallemann ließ nicht locker.

»Jetzt mal Butter bei die Fische. Du bist sicher das Gewissen von ihr. Sonst hätte sie sich nicht so schnell verändert.«

Erwartungsfroh blickte er die Pudeldame an. Diese sagte aber weiterhin nichts.

»Du kannst mir vertrauen. Das bleibt alles unter uns.«

Er starrte sie fragend an, und fast hatte er den Eindruck, dass sie ihm zuzwinkerte. Oder hatte er sich das nur eingebildet?

»Okay. Ich kann dich nicht verstehen. Aber sie versteht dich, oder?«

Missy wedelte nur mit ihrem Schwänzchen.

»Ich weiß ja nicht, wie das so unter euch Hunden ist. Also unter den Hunden, die auch ein Gewissen sind. Kennst du vielleicht einen Kollegen namens Tulpe? Also den Namen habe ich ihm gegeben. Aber vielleicht kennst du ihn. Ich möchte ihn bitten, mir zu verzeihen. Kannst du ihm das bitte ausrichten, wenn ihr euch seht?«

Missy bellte. Kallemann deutete dieses Bellen als Ja.

»Vielen Dank, das ist sehr nett von dir. Aber bitte vergiss es auch nicht«, flüsterte er noch, als er bemerkte, dass jemand hinter ihm stand.

Er drehte sich um. Es war Blumenthal. Er lächelte sie leicht gequält an. Er hatte keine Ahnung, wie lange sie schon wieder da war und was sie von seinem Gespräch mit Missy mitbekommen hatte. Aber das war ihm im Grunde genommen auch egal. Blumenthal verlor kein Sterbenswörtchen und goss ihnen beiden schmunzelnd Kaffee nach. Noch lange nach Einbruch der Dunkelheit war quer über den Schrebergarten das amüsierte Plaudern und Lachen von zwei ausgelassenen Menschen zu hören.

46

Eine Woche später gab es bei Kallemann ein kleines Gartenfest. Neben Lina und ihrer Mutter Meike waren auch Angela und natürlich Frau Blumenthal sowie ein paar weitere Schrebergärtner eingeladen. Es war ein herrlicher Sommertag, die Sonne strahlte heiß vom Himmel. Nach einigen leckeren Bratwürstchen sowie fast einem Liter frischer Minz-Limonade hatte sich Lina von den Erwachsenen getrennt und sich in einer Ecke von Kallemanns Schrebergärtchen auf die Wiese gelegt. Sie schaute gen Himmel und beobachtete die hellen Wolkengeister, die vor ihren Augen vorbeisegelten. Hin und wieder konnte sie auch ein fliegendes Einhorn sehen, auch wenn dieses in Wahrheit nur ein gleitendes Segelflugzeug war. Ihre Tagträumereien halfen ihr, darüber hinwegzukommen, dass Tulpe aus ihrem Leben verschwunden war. Sie war deswegen so traurig, dass sie darüber nicht mal mehr mit Kallemann reden konnte. Stattdessen blickte sie zum Himmel, an den Wolkengeistern vorbei und dachte an Tulpe.

Kallemann ging inzwischen zu seinem Schuppen, um etwas Holzkohle zu holen. Nach den Bratwürstchen wollte er noch einige Stücke Grillfleisch auf den Rost legen. Seine Gäste waren hungrig.

Als er um die Ecke des Schuppens bog, glaubte er seinen Augen nicht zu trauen. Vor ihm saß Tulpe gemütlich auf einem Klappstuhl.

»Ich dachte schon, ich bin zu spät und muss verhungern.«

Kallemann lachte aus vollem Hals.

»Ich glaube, du wirst nie verhungern. Du weißt immer, wann und wo es etwas Gutes zu fressen gibt.«

»Na Gott sei Dank!«

Die beiden standen sich für einen Moment schweigend gegenüber. Dann bückte sich Kallemann, streckte seine Arme nach vorne und knuddelte den Hund so fest er konnte. Dieser machte sich frei. »Vorsicht, du machst mir die ganze Frisur kaputt.«

»Als ob dir das wichtig wäre.«

Beide lachten. Kallemann wischte sich über das Gesicht.

»Das darf nicht wahr sein. Ich habe mir so gewünscht, dass du endlich wiederauftauchst.«

»Jetzt bin ich ja da. Aber natürlich nur wegen der Leckereien.«

»Das glaube ich dir nicht.«

Tulpe zwinkerte. »Stimmt auch nicht. Ich dachte, ich sehe mal nach dir.«

Kallemann schüttelte amüsiert den Kopf.

»Ein Besuch vom eigenen Gewissen?! Sachen gibt's.«

»Jedenfalls hoffe ich, dass du als Nachtisch ein paar Nussecken besorgt hast.«

»Aber klar«, log Kallemann.

Tulpe stupste sich mit einer Pfote an der Nase.

»Das war, fürchte ich, gelogen. Ist aber nicht so schlimm. Ich denke, ansonsten bist du letztendlich wirklich ein ganz netter Kerl geworden.«

Kallemanns Augen wurden feucht. Er packte den Sack mit der Grillkohle.

»Ich werde mich jetzt um den Nachschub kümmern, sonst verhungern wir wirklich alle noch.«

Er ging, und Tulpe folgte ihm. Als die beiden um die Ecke des Schuppens bogen, erblickte der Hund in der Ferne Lina im Gras liegen.

»Tagträumen muss wirklich etwas Schönes sein.«

In dem Augenblick hob Lina ihren Kopf. Sie schaute in Richtung der beiden und entdeckte Tulpe. Sofort sprang sie auf und kam auf die beiden zugerannt.

»Aber manchmal ist Aufwachen noch schöner«, meinte Kallemann nach einem kurzen Moment des Nachdenkens. Tulpe schaute ihn an.

»Mensch, Kallemann, jetzt wirst du nicht nur ein anständiger Mensch, sondern auch noch einen Tick weise.«

Kallemann konnte ein Lächeln nicht verbergen. Er ging weiter zu den anderen, während Lina nun Tulpe erreichte und ihm um den Hals fiel.

ENDE